ESCRITORES
ARGENTINOS
Novelas, cuentos y relatos

PAULA VARSAVSKY

Nadie
Alzaba la Voz

PAULA VARSAVSKY

Nadie
Alzaba la Voz

EMECÉ EDITORES

A Carlos Varsavsky
y Silvia Waisman,
mis padres.

Diseño de tapa: *Eduardo Ruiz*
© *Emecé Editores, S.A., 1994.*
Alsina 2062 - Buenos Aires, Argentina.
Primera edición
Impreso en Industria Gráfica del Libro S.A.,
Warnes 2383, Buenos Aires, abril de 1994.

IMPRESO EN LA ARGENTINA / PRINTED IN ARGENTINA
Queda hecho el depósito que previene la ley 11.723
I.S.B.N.: 950-04-1388-4
11.272

1

Papá me llamó por teléfono desde Nueva York. Me avisó que vendría a Buenos Aires. Yo no me alegré como en otras oportunidades. Papá me dijo: "Esta vez mi viaje se debe a un motivo muy triste. Lo operan a mi hermano del corazón. No queremos que la abuela se entere. Cuando él llegue de Bogotá a Buenos Aires te dirá en qué hotel se hospeda. Vos me transmitirás el mensaje".

Al colgar, sentí angustia. A papá se lo notaba muy preocupado. Tuve pena por él. Sí, por primera vez tuve pena por papá. Me pareció que estaba agobiado por tener que acompañar a su hermano en un trance como ése. Papá iba a venir sin su mujer. En Buenos Aires sólo yo lo sabía. Estaba abrumada. Era demasiada responsabilidad apoyar a papá en semejante momento. Su hermano de Bogotá era el único que le quedaba vivo.

A medida que pasaban los días, mi malestar aumentaba. Le hablé a Juan. Le conté lo que pasaba en mi familia. Me preguntó si tenía miedo de que se muriera mi tío. Le dije que no. Que tenía miedo por papá.

Se acercaba la fecha del examen de ingreso en la facultad. Yo no podía estudiar. Pensé que papá podría ayudarme. Deseché esa idea. Prefería estudiar sola. Hubiera sido mejor dar primero el examen y que después operasen a mi tío. Pero no. La fecha de la operación ya estaba decidida. A nadie le interesaba mi examen de ingreso.

El día anterior a que llegara papá, la situación se me hizo intolerable. Tuve que irme de la facultad porque no aguantaba ni un minuto más. En mi familia hubo varios cardíacos. El padre de papá y su hermano mayor murieron de infartos siendo bastante jóvenes. Era tal mi tensión que a la noche llamé a mi terapeuta. Hacía dos meses que no trabajaba: esperaba un hijo. Ella me escuchó y me pidió que me tranquilizara. Al día siguiente, me dijo, vería a papá y podría decirle que lo quería mucho y que estaba preocupada por su vida. Y agregó que, en todo caso, si después de ver a papá, seguía intranquila, volviera a llamarla. Cuando colgué, mi angustia estaba intacta.

Me pregunté qué pasaría si papá muriese. En seguida traté de borrar ese pensamiento. Cuando ya estaba en cama, todavía despierta, sonó el teléfono: era papá. Me dijo que seguía en el aeropuerto de Nueva York: el avión saldría con retraso. Quizá perdiera la combinación en Río, y eso lo tenía casi escandalizado. ¡Tantas veces había viajado y nunca había perdido un avión! Se trataría de una verdadera mancha en su existencia. Le dije que si perdía el avión no importaba: yo, de todas formas, iría a Ezeiza y me quedaría a esperarlo. Él me pidió que no lo hiciera: si perdía la combinación en Río me llamaría por teléfono.

Papá no llamó. Parte del ritual de sus visitas consistía en que yo fuese a buscarlo a Ezeiza. Sabía que le gustaba que lo esperasen. Yo iba con ganas. Como siempre, vino el remise a buscarme. Mamá me acompañó abajo y me dijo que me cuidara. En el auto escuché esa canción que dice: "Es un buen tipo mi viejo…".

Al llegar a Ezeiza me enteré de que el avión que debía salir de Río estaba atrasado. Me puse contenta. Desde Ezeiza, le hablé a Ana por teléfono. Le dije que papá seguramente estaría por llegar, ya que no me había llamado por teléfono. Yo estudiaba lógica para el examen de ingreso en Matemática. Me sentí contenta de verificar que la lógica servía en la vida cotidiana: si designaba P a la premisa "Papá perdió la combinación en Río" y Q a "Me llamaría por teléfono", la regla de inferencia Si P entonces Q, no P por lo tanto no Q, resultaba perfecta. Pensé: "Si papá perdió la combinación en Río entonces me hubiera llamado por teléfono; no me había llamado por teléfono, por lo tanto no había perdido la combinación en Río". ¡Qué bárbaro, el *modus tollens* funcionaba en la vida real! Le conté a Ana mi maravillosa deducción.

Cuando anunciaron la llegada del avión de papá,

11

me acerqué con rapidez a la puerta de salida de la aduana. Vi aparecer a los primeros pasajeros: grandes abrazos con los parientes y amigos. Miré con cierta envidia esos recibimientos tan afectuosos. Recordé que papá y yo éramos siempre muy sobrios en nuestros encuentros. Pero esta vez yo sentía ganas de abrazarlo. Los abrazos y los besos continuaban a mi alrededor; también algunas lágrimas. Yo seguía mirando. Esperaba, ansiosa, la aparición de papá. También miraba con envidia a las familias numerosas. Esas en las que van todos juntos a buscar a uno que llega; ésas, en donde todos viven en la misma ciudad; ésas, en donde hay un papá y una mamá que se quieren. Eso que yo nunca tuve. "Ya salieron casi todos", oí decir. Pero faltaba mi papá.

Llamé a casa. Ester me dijo que papá seguía en Brasil y me estaba buscando, que volviera rápido. Ya había llamado varias veces. No fui a casa. Tomé un taxi, fui a la facultad. Sentí, de pronto, que no podía faltar a las últimas clases. La semana siguiente daría el examen de ingreso. Desde la facultad, hablé nuevamente con Ester. Enfatizó que fuera rápidamente para allá. Tuve la sensación de que algo muy grave estaba sucediendo. No entré a clase y volví a casa.

Desde el palier oí sonar el teléfono. Ester abrió la puerta y me pidió que atendiera. "Seguro es tu papá". Escuché la voz de mi hermano Luis. Él también vivía en Nueva York. Me dijo que había ocurrido lo peor. Me preguntó si mamá estaba. No. Mamá no estaba. Entonces Luis dijo que no me lo diría. Le insistí. Le aclaré que de todas formas Ester estaba a mi lado. Me dijo que le pidiera a Ester que me tomara de la mano y que se había muerto papá. Empecé a llorar a los gritos. Se me nubló la vista. Tiré el tubo. No lo podía creer, no lo quería creer, deseaba volver atrás en el tiempo. Que se parara el mundo. Fui a mi cuarto y me encerré. Llamé a Ana. Estaba en su despedida de soltera y vino en seguida. Llamé a Laura. A todos les decía lo mismo: "Se murió mi papá". Era lo único que podía decir, y empezaba a llorar otra vez. Llamé a Juan. Después a Raúl. Raúl no estaba. La primera en llegar fue Ana. Luego llegó Laura. Me abrazó y nos pusimos a llorar las dos. En ese momento llegó mamá. Escuché que Ester le decía: "Se murió el señor Manuel", "¿Qué señor Manuel?", preguntó mamá. No recuerdo la respuesta de Ester. Pero la imagino. Mamá no lo podía creer. Yo tampoco. Sentía la necesidad de contárselo a mucha gente. Cada vez que lo decía me seguía pareciendo increíble. No cesaba de repetírmelo: papá se murió, papá se murió. A cada rato sonaba el teléfono. Era Luis. Quería que fuera para allá. Una de las veces que llamó le pregunté cómo había sido. Dónde había sido. Papá había muerto en el avión, tuvo un infarto. Fue una muerte silenciosa. No molestó a nadie. La azafata contó que papá se le había acercado a pedir un vaso de agua. Que le había dicho que se sentía mal. Y que luego se murió. Sí, se murió. Sin decir nada.

Todo me daba vueltas. No sabía dónde encontraría las fuerzas para tomar un avión a Nueva York. Para ir al entierro de papi. Sin embargo, era imprescindible que fuera. Tenía que estar allí. Tomar un avión sola. Viajar toda la noche. No, no quería ir. "No quiero que se muera papá."

Llamó Mara. Le conté que había muerto papá y vino en seguida a casa. Vinieron los dos íntimos amigos de mi hermano. Vino Raúl. Mara lo despreciaba, y esa vez también se lo demostró. Hacía ocho meses que Raúl y yo habíamos dejado de salir. Sabiendo que a Raúl le molestaría, Mara me preguntó por un chico de la facultad que me gustaba.

A la noche llegaron algunos parientes. Yo no los quería ni ver. Se quedaron Laura y Mara. Estábamos las tres en la cocina y entró mamá. A ella tampoco quería verla. En ese momento quería otra mamá. Una mamá que lo quisiera a papá. Yo sabía que mi mamá lo odiaba. Siempre me había hablado mal de él. Todo lo que papá hacía estaba pésimo, incluso morirse. Pero ahora se jodía. Ahora papá era mío para siempre y ella no era nadie.

Laura se fue. Mara se quedó a dormir. No pude conciliar el sueño en toda la noche. Tampoco tenía palabras para decir. Un dolor profundo y agudo se instalaba en mí. Todo me parecía una película. No podía creer que fuese cierto. Deseaba que viniera alguien y me dijera que no, que era todo un malentendido. Nadie me lo decía.

Llamó Luis: me había reservado un pasaje para el día siguiente. Surgió un problema: tenía el pasaporte vencido. Resultaba imposible renovarlo en un día. Hablé con la secretaria de papá en Nueva York. Me pidió que no me preocupara por el asunto. Ellos me arreglarían todo. Sin duda podría viajar al día siguiente.

Mamá se ofreció a acompañarme. No quise. ¿Qué era eso? ¿Qué cara iba a poner Hebe, la mujer de papá, si la veía a mamá? ¿Quién era la viuda? ¿Eran dos viudas o qué? No, prefería que mamá se quedara en Buenos Aires. La idea de que viniera me resultaba insoportable.

Llamó mi tía, la mujer del hermano de papá que vivía en Colombia. Ella y su marido ya estaban en Buenos Aires. Quería saber qué pasaba, si papá había llegado o no. Le dijeron que papá había muerto. Pero claro, a mi tío no le podían informar que su hermano se había muerto de un infarto antes de su operación. Mi tía quiso entonces que fuera yo a avisarle a mi abuela. Ella no quería ir. Yo le grité que no le avisaría nada a nadie y que me importaban tres carajos cómo se enteraría mi abuela. Nunca entendí por qué todos en mi familia tenían tanto miedo de avisarle a mi abuela que se había muerto otro de sus descendientes si era la que mejor lo soportaba.

Al día siguiente fui a la facultad. Expliqué mi situación. No podía rendir el examen de ingreso porque se

15

había muerto mi papá. Pedí que por favor me dieran otra fecha. No había tregua. Parecía que alguien se hubiera ensañado conmigo. Por suerte, Laura me acompañó. Fue un gran alivio.

Volví a casa. Estaba en mi cuarto. Mamá se acercó a avisarme que había venido la policía para renovar mi pasaporte. Llené el formulario, me tomaron las huellas digitales. Eran dos agentes vestidos de civil. Llevaban portafolios con los elementos para renovar pasaportes. Incluso tenían pasaportes nuevos. El trámite lo hicieron en el momento.

Mamá me contó que habían venido a casa temprano. Yo, en ese momento, estaba en la facultad. No tuvieron problema en ir a buscarme. Le pidieron a mamá que los acompañara en el Falcon verde. Al entrar en la facultad, se saludaron amistosamente con los policías de la puerta. Por supuesto, no me encontraron. Una vez que se fueron, mamá y yo nos miramos con complicidad, sabíamos que ese contacto "a domicilio" se debía a la gente con la que papá había trabajado en los últimos dos años. Yo no podía entender por qué se había juntado con esa clase de tipos.

Vino Mara. Me trajo ropa de invierno: allá hacía frío. Vinieron Ana y el marido directamente del Civil. Me di cuenta de que no iba a poder ir al casamiento de Ana. ¡Hacía tantos meses que veníamos hablando de su fiesta! Yo, incluso, estaba invitada a una cena familiar. Me había comprado un vestido y unos zapatos hermosos. Quedarían sin estrenar. Vino Juan con una cartita muy afectuosa, me sentí muy agradecida.

Llegó la hora de partir hacia el aeropuerto. Me llevaron Mara y Laura. En el camino compramos el diario. Había un artículo titulado "Manuel Golman murió de un ataque cardíaco mientras viajaba en avión hacia nuestro país". Comencé a llorar. Me pareció horrible que papá fuera una noticia. Él era mi papá y nada más. Mamá no me acompañó al aeropuerto. Recordé que el día anterior también había ido a Ezeiza, a buscar a papá. Allí volvía a estar ahora, yendo a su entierro.

No sé con qué fuerzas subí al avión. No quería llegar a Nueva York. Sentía que yo también me moriría en el avión. Que no lo podría soportar. Que si papá había muerto, yo también me quería morir. Pude dormir algo. Soñé que ahorcaban a mi gato. Una injusticia terrible. No sabía a quién se le podía haber ocurrido cometer semejante atrocidad. Me desperté aterrorizada. No quise dormir más.

A pesar de mí, llegamos. Aterrizamos. No tuve más remedio que bajar del avión. Pasé por Migraciones, busqué la valija, pasé por la Aduana. Caminaba lenta. Sabía que a pocos metros se abrirían las puertas. Vería a todos. Estaban esperándome para ir al velorio. No quería que se abrieran esas puertas. Sin embargo, seguía caminando. De pronto los vi: Luis, Hebe, sus hijos; creo que estaban los cuatro hijos. Todos vestidos de negro. Abracé a Luis. Lloramos. No sé si hubo palabras.

Hubo lágrimas, abrazos. Fuimos hacia un taxi. Hacía un frío terrible. Yo venía del verano, estaba tostada. Ellos estaban blancos, muy blancos, pálidos. Yo miraba la ruta del aeropuerto a Manhattan. Estaba todo nevado. No podía creer que esta vez no iba a visitar a papá sino a su entierro. Que nunca más lo visitaría. Tantas veces había hecho ese camino con él, contentos de volver a vernos. Nadie hablaba, quizá no había nada que decir. Tanto dolor ahuyentaba las palabras, nos enmudecía.

Llegamos a la casa de papá. Le pregunté a Luis si había hablado con Elena. Elena era la hermana de mamá que vivía en Suiza. No. Aún no le había avisado. Ella era una persona muy importante para mí. Yo sabía que también lo había querido mucho a papá. En Buenos Aires, a mamá ni siquiera se la mencioné. Estaban peleadas desde hacía siete años. No se dirigían la palabra. Mamá ponía cara de culo cada vez que oía su nombre. Yo me creía una delincuente por querer a mi tía.

Me dijeron que el velorio no se haría en casa de papá. El velatorio quedaba lejos. Todos iban para allá. Yo debía vestirme de negro. No tenía ropa negra. Tenía puesto jeans y un suéter. Me dijeron que ir vestida así era una falta de respeto. Yo no entendía por qué. No parecía haber lugar para oponerse.

Luis había discutido con Hebe acerca de si el cajón tenía que estar abierto o cerrado. Hebe prefería que estuviera abierto. Luis no. Él no quería ver a papá muerto. Yo sí. Yo quería verlo por última vez. Deseaba

18

despedirme. Luis prefería quedarse con el recuerdo de papá vivo. Yo quería tener los dos recuerdos. Al fin de cuentas, su muerte también era parte de él. Se decidió que el cajón permaneciera cerrado pero el que quisiera lo podría abrir.

Antes de ir al velatorio, Luis y yo pasamos por un negocio. Yo pensaba que era ridículo vestirme de negro; a papá, lo que menos le interesaba era la ropa. De todas formas, fuimos. Tenía puesta una camisa blanca. Luis se enfureció al ver que no llevaba puesto corpiño. Me ordenó tajantemente que me comprara uno. Salí del negocio toda vestida de negro.

Llegamos a un edificio suntuoso donde nunca había estado. Quedaba en uno de los barrios más elegantes de Manhattan. Todo me parecía tan distante. Sentía que nada de todo aquello me pertenecía. Que ése no era mi lugar. Que ése no era mi papá.

Había poca gente. Era un sitio enorme. Un piso entero con varios salones. Lo vi a Pablo, uno de los hijos de Hebe. Nos dijo que papá ya estaba ahí. Alguien había ido a buscar el cadáver a Brasil. Se murió en ese país donde nadie lo conocía. Solo. Lo bajaron del avión en San Pablo. Lo llevaron a un hospital. Pero ya no hubo nada que hacer. Pablo señaló el salón donde estaba. Nos preguntó si lo queríamos ver. Yo quise. Luis no. El salón era muy grande. Al fondo estaba el cajón. Pablo y yo nos acercamos. Él lo abrió y vimos el cadáver de papá. No parecía papá. Le habían pintado la cara de rosa.

Tenía una expresión vacía y relajada, perdida. Lo reconocí por las manos. Ésas eran las manos de papá. Y por el pelo. Ése también era su pelo. En los últimos años se le había puesto gris. Se lo veía tranquilo. Papá no parecía haberse dado cuenta de su muerte.

Pasaban las horas. Cada vez llegaba más gente. La mayoría, desconocida para mí. Algunos, según Luis, eran muy importantes. Pero yo no sabía de quiénes se trataba. Todo resultaba tan extraño: ese lugar, esa gente, esa maldita muerte de papá.

Yo no tenía amigos ni tampoco nadie que me resultara cercano. Hebe y sus hijos no eran mi familia. Eran la familia de papá. De pronto vi a Gloria, la amiga de mamá. ¡Qué emoción! ¡Al fin alguien conocido!

Durante ese día no hice más que llorar y dar vueltas por ese lugar horrible, con una calefacción que ahogaba, tan impersonal que recordaba un hotel. Ni siquiera se podía salir a caminar, hacía demasiado frío. Sin embargo, en un momento llegué a sentirme casi sofocada y decidí salir. Fui a tomar algo con unas amigas de papá. Yo las conocía desde chica. Habían sido alumnas suyas en la carrera de Física. Eran las únicas personas con quienes me sentí cómoda después de que Gloria se fue. No quise comer nada. Luis pidió una hamburguesa. A mí me daba asco la comida.

No sé cómo llegué al Museo Metropolitano. Al entrar en el museo tuve una sensación muy extraña. Advertí que allí nadie me conocía. Nadie sabía que estaban velando a mi papá. Me pareció el lugar más apropiado para estar en ese momento. Ahí nadie hablaba. Reinaba un silencio inmenso, respetuoso.

Compré unas postales con reproducciones de cuadros que me gustaban. Envié una a Laura y otra a Ana. Sentí que de esa forma compartía ese momento con ellas.

Ya de vuelta, miré por la ventana. Vi que era de noche. La gente empezaba a irse. Finalmente nos quedamos Hebe, sus hijos, Luis y yo. Queríamos darle el último adiós a papá. Llegado un momento no aguanté más y quise despedirme. Mirarlo por última vez. Quizá decirle algo. Prometerle algo. Era la última oportunidad que tenía de verlo. Nunca más. Me despedí de papá sin decirle otra cosa que lo que siempre supo: que lo quería muchísimo y que siempre me acordaría de él, siempre.

Cenamos en un restaurante: Hebe, sus hijos, Luis, un amigo de papá de la infancia y yo. Inés, la hija de Hebe, lloraba y decía que no tenía hambre. Yo sí tenía hambre, hacía dos días que no probaba nada.

Luis me contó que había planeado hacía tiempo un viaje de trabajo con papá. Se trataba del primer viaje que hubieran hecho juntos. Cuando lo dijo comenzó a llorar y no pudo seguir hablándome. Ya estábamos en casa y por irnos a dormir. Luis se avergonzaba de llorar. Yo sé que él creía que su deber era contenerse. Portarse como un hermano mayor. Protegerme. No mostrarse débil. Pero no pudo. Yo también lloré. Sentí una gran pena por él. Me pareció que la vida había sido muy injusta. Nos había sacado a papá de golpe. Sin aviso. Esa noche no dormimos casi nada. Me levanté temprano. Recorrí la casa. Me senté en un sillón a mirar lo que había sido la casa de papá.

El dolor no daba tregua. Esa mañana nos habló Elena. ¡Al fin pudimos comunicarnos! Dijo que se había enterado a través de un primo nuestro que vivía en España, el que, a su vez, había sido informado por un científico. "Luz, yo también estoy llorando."

Se decidió sepultar a papá en el cementerio de una ciudad de veraneo, cerca de la playa, a dos horas de Manhattan. Papá tenía allí la casa de fin de semana. Todos opinaban que los cementerios de Nueva York eran tristes. ¡Como si los de la playa fueran alegres! Pero a mí, en el fondo, no me importaba. Lo enterraríamos en un cementerio libre. Me explicaron que allí podía sepultarse a personas de cualquier religión. Me di cuenta de que el tema de la religión pasa a ser muy importante cuando alguien muere. A los difuntos hay que homenajearlos de alguna manera. Las religiones, con sus ritos, se ocupan de eso. Pareciera que morirse fuera más triste todavía cuando se es ateo. Ante ese terrible dolor uno invoca a Dios. Yo, en ese momento, hubiera deseado creer en Dios. Pero nunca había creído y no le podía pedir nada. Papá había sido ateo, de origen judío, y Hebe era católica creyente. Se resolvió que fuera un amigo de papá, judío, quien dijera unas palabras en hebreo. Algo había que hacer y no tenía sentido llamar a un rabino. Mejor que quedara entre amigos…

Vino un chofer a buscarnos en un auto negro, larguísimo. Nos ubicamos todos en la parte trasera. Pasamos por el velatorio. De ahí partieron muchos autos, todos negros, una caravana muy extensa. Avanzamos despacio por la ruta.

Llegamos al cementerio. Era grande y abierto, apacible. Las lápidas, bajo la nieve, casi no se veían. A pesar de la inmensa tristeza, el lugar me pareció lindo. Esperamos a que llegara toda la gente. Entonces, del coche que encabezaba la marcha, sacaron el cajón. Lo dejaron en el suelo y se hundió un poco en la nieve. Cerca estaba la sepultura, ya la habían cavado, todo estaba listo.

Luis, los tres hijos de Hebe —Pablo, Andrés y José— y dos amigos de papá, llevaron el cajón hasta la sepultura. Yo miraba con atención. Me parecía estar protagonizando una película: ese cementerio nevado, con gente vestida de luto alrededor de las tumbas. Había solamente dos colores: el blanco de la nieve y el negro de la ropa. Nadie alzaba la voz, daba miedo. Hebe se acercó a sus hijos para decirles que tenían que sentirse honrados por llevar el cajón de papá. Parecía muy pesado. Yo creí que nunca lo podrían levantar.

Descendieron el cajón lentamente hasta el fondo de la sepultura. No podía creer que hubiera un cuerpo allí. No podía creer que allí estuviera mi papá. Alguien que yo no conocía dijo una oración en hebreo y otra en inglés. Lo escuché desde muy lejos. En ese momento, salió el sol. La nieve brilló por un instante. Luego se nubló nuevamente. Comenzaron a cubrir el cajón. Yo no quería. Yo no quería que lo cubrieran de tierra. Pero es así como se hace. Yo también eché un puñado de tierra. Volví a despedirme. Ésa fue la última vez. La definitiva. Todos nos abrazamos y lloramos como si nunca lo hubiéramos hecho. Papá quedó sepultado en Southampton y yo supe que una parte de mí se quedaba con él. Que aunque no quisiera, aunque viviera muy lejos de Southampton, ese lugar también era mío.

Fuimos a la casa de fin de semana de papá. A papá le gustaba mucho ese sitio. Como era invierno, todo estaba desolado. Los árboles no tenían ni una hoja. La casa estaba muy fría. En la pileta, el agua se había congelado. Fui al cuarto de papá. Sobre su mesita de luz encontré el libro que había estado leyendo: *Out of my Later Years*, de Albert Einstein. Recorrí la página marcada. ¿Sabría papá que moriría antes de terminar ese libro? Lo puse en mi cartera. Lo guardé sin decírselo a nadie. Desde el cuarto de papá llamé a Laura a Buenos Aires. Le dije que al día siguiente regresaría.

Mientras estuvimos allí, me enteré de que José, el hijo menor de Hebe, había vuelto al cementerio con unos amigos. Me dio mucha bronca. ¿Por qué había ido otra vez si él, a papá, no lo quería? Siempre se habían llevado mal. Seguro que, más de una vez, José le había deseado la muerte.

Por la tarde volvimos a Manhattan. Estaba cansada. Ya no tenía más fuerzas para llorar. Ni para nada. Me sentía vacía. Me saqué la ropa negra. El uniforme de entierro. Poco a poco, volví a ser yo. Sin embargo, supe que nunca sería la misma. Que llevaría para siempre esa marca del primero de marzo.

Al día siguiente volví a Buenos Aires. Luis viajó conmigo. Me dijo que tenía ganas de pasar unos días en casa de mamá. Que Nueva York sería muy dura sin papá. Me llevé, además del libro de Einstein, otro que papá había estado leyendo en el departamento de Nueva York. A ninguno de los dos le saqué la marca de la página. Entre las reflexiones de Einstein, puse un artículo del *New York Times* que se refería a la muerte de Manuel Golman y reproducía su cara en una foto. Además, uno de *Clarín* titulado: "Murió un gran físico argentino". Entre otras cosas decía que "en 1969, siendo director del Observatorio Nacional de Astronomía, fue despedido de sus funciones por haberse plegado a una huelga general".

A papá le encantaba salir en los diarios. Supongo que nunca se habrá imaginado que su muerte alcanzaría tamaña repercusión. No quise llevarme nada más. ¿Qué más podía querer? Yo quería a mi papá. El resto me daba lo mismo.

Hebe nos acompañó al aeropuerto. Me despedí de

Nueva York. Para mí, nunca volvería a ser la misma. Me había sacado a mi papá y lo tenía ahí encerrado. Mi corazón quedaba eternamente repartido. Subimos al avión sin decir una palabra, agotados de tanto dolor.

Tal como lo había hecho papá unos días antes, a la semana siguiente nos despertamos en el avión. Él para morir, nosotros, para seguir viviendo. Sabíamos que sería difícil. Que ya no lo teníamos a papá. Nos sentimos totalmente desconsolados. Sabíamos que nuestro único consuelo era tenernos el uno al otro.

Hablamos sobre las épocas duras que vendrían. Nos dio miedo de que, por ser medio huérfanos, nadie nos quisiera ya. Luis me preguntó si me parecía que a una chica podía gustarle un chico que no tuviese papá. A pesar de todo, la vida seguía. Prometimos que nunca nos pelearíamos y que nos ayudaríamos mutuamente. Por la ventanilla apareció, ya visible, Buenos Aires.

2

Martes, jueves y fines de semana nos tocaba en la casa
de papá. ¡Cómo odiaba ese departamento nuevo, al que
recién se había mudado! Todavía estaba en obra. Tenía
la sensación de que nunca terminarían de construirlo.
Hacía muchísimo frío.

Luis y yo dormíamos en el mismo cuarto. Un cuarto enorme. Alguna vez le oí decir a papá que habría dos
cuartos, pero finalmente no construyeron la pared divi-
soria. Vaya a saber por qué. Me dio mucha bronca. Yo
quería tener mi propio cuarto. El departamento tenía
las paredes pintadas de blanco. Estaban impecables, sin
ningún adorno. Aunque papá fue poniendo muebles
nunca logró que hubiera allí calidez de hogar. Faltaba la
mano de mamá, faltaba Ester.

Todos los martes y jueves, papá pasaba a buscarnos. Luis y yo lo esperábamos sentados en el escalonci-
to de la puerta de calle. Íbamos a cenar a un restaurante. Siempre al mismo. Yo pedía siempre el mismo plato.

En verano, teníamos un programa extra. Después de cenar, tomábamos un helado.

Yo me llevaba un bolsito con ropa para el día siguiente. En la casa de papá tenía un pijama y algunos juguetes, pero los armarios de nuestro cuarto parecían vacíos. A papá, yo le tenía mucho miedo. Un día lo noté raro, le pregunté: —"Papi, ¿por qué estás triste?" — "Y... —contestó él— vivir solo, a veces, me pone triste".

Su casa me parecía inhabitable, por más que papá intentara que nos sintiéramos bien. Era como un escenario que armaba y desarmaba cuando nos íbamos. Nuestras camas eran de esas que van una debajo de la otra. Me había tocado la de abajo. Pero estaban puestas una en cada punta del cuarto. Mi cama tenía rueditas. Las frazadas eran feas y pinchaban, muy distintas a las de mi cama. Ésa no era mi cama.

En la casa de papá yo no me bañaba. Antes de salir de casa, Ester me ayudaba a bañar y me lavaba la cabeza. A papá le parecía que una nena de seis años, casi siete, tenía que lavarse sola la cabeza.

A la mañana siguiente, papá nos despertaba temprano para ir al colegio. Hacía tanto frío que yo no quería salir de la cama. Había una estufa eléctrica. Era lo mismo que nada. Yo temblaba hasta que nos íbamos. Bajábamos al garaje, donde hacía muchísimo más frío. Entrábamos rápido al auto. Luis y yo nos peleábamos para ir sentados al lado de papi.

Los sábados a la noche era distinto. Como al otro día no teníamos que levantarnos temprano, papá me contaba cuentos en la cama. A mí sola. En general eran en serie. La que más me gustaba era la de los astronautas. Se trataba de un viaje a la Luna. Al aterrizar, como ya se había comprobado, no veían nada espectacular. La luna resultó ser un chasco total. Un lugar árido y desértico. No había ningún ser extraterrestre, ninguna piedra fuera de lo común, nada interesante. Aun así, uno de los astronautas decidió bajar a recorrer. Sacaron una gran escalera, por la cual llegaron a la superficie lunar. El cohete debía de ser enorme, altísimo, pensaba yo, mientras papá gesticulaba, cada vez más entusiasmado. Ante los ojos de todos los demás astronautas, ni bien pisó el suelo lunar desapareció. Nadie entendía qué había sucedido. El pánico acechó al resto de los tripulantes. Hacían conjeturas acerca de lo sucedido. Se encontraron ante un misterio aparentemente irresoluble. Finalmente decidieron que otro de los astronautas bajara algunos escalones para ver si encontraba pistas de lo sucedido. Al hacerlo, se dio cuenta de que el primer astronauta no había desaparecido, sino que se había vuelto casi microscópico. No era cierto que en la Luna no hubiera habitantes. Eran seres casi microscópicos. Sacaron la conclusión de que la superficie lunar tenía la virtud de volver pequeñísimos a los terrícolas. Bastaba con tocarla y uno se volvía minúsculo.

Luego de escuchar los episodios del largo cuento

de los astronautas, mis noches se hacían más difíciles. No me animaba a levantarme de la cama para ir al baño. A veces me despertaba en medio de la noche con muchísimas ganas de hacer pis. Encendía el velador y miraba el piso. Era blanco. De esos que se ponían en los cuartos de los chicos, con un material vinílico fácil de limpiar. Me daba miedo bajar de la cama. Estaba convencida de que me volvería minúscula. Así sintiera que me moría de ganas de hacer pis, no me levantaba. Me apoyaba en el borde lateral de la cama y miraba el piso durante un largo rato. Acercaba la mano, pero no me animaba a tocarlo.

A la mañana me despertaba acurrucada en un rincón de la cama. Seguía con miedo de bajar. Ese piso blanco me parecía peligroso. Era como un hielo. Yo esperaba que papá entrara en el cuarto. Después que él caminara sobre el piso blanco y no se volviera chiquitito, me levantaría. Pero a veces papá no venía a despertarme. Yo lo llamaba. Le pedía que por favor viniera. No le decía que tenía miedo de levantarme, me daba vergüenza. Gritaba y gritaba hasta que papá venía. Cuando lo veía entrar al cuarto, acercarse y no volverse pequeñito, me animaba a salir de la cama.

3

Mis abuelos (los padres de mami) habían comprado un nuevo departamento en Punta del Este. Mami decidió que fuéramos por unos días. Yo tenía doce años. Pasaba a séptimo grado. Mami y mi abuela Clara no hacían más que pelearse. Que estuviéramos juntos no era muy buena idea. Aunque yo nunca perdía la ilusión de que, quizá, alguna vez, nos lleváramos bien.

En cambio con su hermana Elena mami se entendía muy bien. Se querían muchísimo. Yo también la quería mucho a Elena. Ella era unos años menor que mamá. Las dos enseñaban inglés, eran reflacas y tenían el mismo tono de voz. Parte del tiempo trabajaban juntas: daban clases en la misma empresa. Los días que les tocaba ir, Elena venía a almorzar a casa. Yo deseaba que esos almuerzos fueran eternos. Como Elena era soltera, Ester la llamaba niña Elena. Durante esos almuerzos, yo era feliz.

Elena era peronista. Estaba con los Montoneros.

Era militante de base, decía ella. Siempre charlaba con mami acerca de la militancia. Yo no entendía nada. Pero me encantaba escuchar todo lo que decían. Hablaban de una peña. Como Elena vivía en la calle Peña, yo al principio creía que era algo que pasaba en su casa. Me di cuenta de que no. Que se trataba de unas reuniones. Elena contaba que en esas reuniones los nombres verdaderos eran secretos. Usaban apodos. El que más me gustaba era Cacho Ropero. Elena también hablaba de la facultad. Las corridas, las consignas y El General. El General estaba siempre presente en las conversaciones. También el Tío. Después hablaba de las armas. Según parecía, la gente, a las peñas, llevaba armas. Elena siempre criticaba a mamá porque nos mandaba a un colegio privado. Ella y mamá habían ido al St. Catherine. Yo no les veía nada malo a los colegios ingleses. Elena decía que cuando tuviera hijos los mandaría a un colegio estatal y a aprender karate, porque era una excelente forma de defensa personal.

Yo también era peronista. Sí. Tenía nueve años y era peronista. Me parecía que los Montos eran un grupo de amigos. Les tenía cariño. Mamá y Ester eran peronistas. Pero con mucho menos fervor. No militaban. Ester había conocido a Evita. Evita había estado en su pueblo, en Santiago del Estero. Ester no la olvidaba. En cambio, papá era antiperonista. Él decía que todo eso era una gran mentira. No les creía. Él no había votado a Perón.

Mi abuelo era abogado. Terriblemente formal. En todas las elecciones votaba al candidato más conservador. Pero yo lo quería mucho. La casa de mis abuelos era el reverso de la mía. También era distinta de la de papá. Pocas veces dormía en casa de mis abuelos. Esas veces me quedaba totalmente sorprendida porque mi abuelo me llevaba al colegio y antes que bajara del auto, me preguntaba si tenía plata. Yo nunca sabía qué tenía. Me fijaba. A veces le decía que sí, que tenía justo para el colectivo. Mi abuelo me decía que eso no era suficiente. Debía tener más. "Por las dudas". Jamás había escuchado eso en boca de mis padres. ¿Qué quería decir "por las dudas"? Me daba miedo ese "por las dudas". No sabía a qué dudas se refería. Quizá era que mis padres nunca dudaban.

Yo no quería ir a Punta del Este ese verano. Quería ir a Villa Gesell. Pero no se lo dije a mamá.

En Punta del Este, mi abuela estaba sola. Mi abuelo seguía en Buenos Aires trabajando como abogado. El primer día las cosas fueron bastante bien. Clara y mami parecían soportarse. Estar en la casa de mi abuela equivalía a enrolarse en el ejército. Para todo había horarios. Para levantarse, para el desayuno. No importaba que estuviéramos de vacaciones. Nada de saltearse comidas. En la playa no se podía comer porque después había que almorzar. Yo me moría por un pancho, pero Clara no me dejaba. Era obvio que a ese ritmo no duraríamos más de dos días sin agarrarnos a trompadas.

Luis y yo no estábamos acostumbrados a ese régimen. Al tercer día estallaron las peleas. Mami y Clara no dejaban de gritarse. Mami hacía todo de la forma que a Clara más la irritaba. Le rompía su orden. Clara se ponía nerviosísima. Mami nunca tenía hambre en el momento en que mi abuela disponía que había que tenerlo. Luis tampoco aguantaba ya las órdenes de Clara, pero ellos se peleaban menos. En muy poco tiempo, no nos soportábamos más.

Clara decía que todo estaba carísimo. Que los restaurantes no se podían ni pisar. Un día fuimos al centro. Clara quería que viéramos un hotel que habían refaccionado. El Palace. Según Clara, debían de ser millonarios los que se hospedaban ahí.

La situación en casa empeoró. Mami se fue. Luis y yo nos quedamos con Clara. Yo me aburría. No tenía ni un solo amigo. Lo pasaba pésimo. No entendía por qué se les había ocurrido ir a Punta del Este. Clara me dijo que tejiera un suéter. Ella me enseñaría. Me sentía la persona más desgraciada del mundo. Pleno verano en Punta del Este y yo tejiendo en el balcón. Todas las tardes miraba la casa de enfrente. Me parecía mucho más linda que la mía. Allí los chicos eran rubios. No veía la hora de volver a Buenos Aires. De reencontrarme con mis amigos.

Un día, mientras cenábamos, llamaron de Buenos Aires: a mi abuelo Pedro tenían que operarlo de urgencia. Clara rompió a llorar en el teléfono. Luis la abrazó.

Yo no. Clara se preocupó muchísimo. Pedro era muy miedoso. Nos dijo que se iría a Buenos Aires en seguida. ¿Y nosotros qué? Debíamos llamar a papá y Hebe. Estaban en La Paloma, por primera vez juntos de vacaciones. Teníamos que pedirles que nos vinieran a buscar.

Hebe llegó enfurecida con nosotros. Una vez que podían pasar unas vacaciones solos, y veníamos a arruinarles el programa. Lo que menos quería yo era aguarles las vacaciones. No tenía la culpa de que las cosas hubieran sido así.

Me sentía de más. Siempre me sentía de más. Fuera de lugar. Una hinchapelotas. Hebe nos miraba con odio. Papá trataba de disimular. Yo, de no molestar. A los pocos días, papi y Hebe decidieron que también viniera Inés. Inés tenía dieciséis años. Hacía un mes que salía con Leo. Nos hospedamos en el Palace. El que habíamos visitado con mi abuela y, supuestamente, era para millonarios. Nunca me había dado cuenta de que era millonaria. Pero en ese momento lo que menos me importaba era el hotel. Leo tenía una casa enorme en Punta del Este. Inés decía que quedaba muy paquete que estuviéramos en el Palace. Papi y Hebe estaban juntos. Inés, con su novio. Luis, con sus amigos, y yo, con el suéter. Pero había cambiado de profesora: ahora Hebe reemplazaba a mi abuela.

Pablo, Andrés y José veraneaban con el padre. Hebe no paraba de hablar de ellos. Leo aún no los conocía.

35

Hebe sentenciaba: "Ya vas a ver cuando los conozcas...". Inés desempataba contando lo exótico que era Leo: "Vive en una mansión en San Isidro y tiene una cuenta en Suiza". Como las formalidades no le interesaban, Leo iba a comer a los restaurantes más caros de Buenos Aires descalzo. Yo no entendía dónde estaba lo fascinante de salir a la calle descalzo. Pero si ellos lo decían, debía de ser así. Yo me consideraba una imbécil: no comprendía nada ni tenía nada para contar.

Cada día íbamos a una playa distinta. Siempre lejos del hotel. No me parecía estar en el mismo lugar de veraneo que había compartido con mi mamá y mi abuela. Papi y Hebe lo veían todo diferente. Los lugares que a mamá le gustaban, a papá no, y viceversa. Al poco tiempo pude tener dos versiones del mismo lugar. Ninguna me gustó. Las dos me hacían sentir mal. La de papá, mucho peor.

Volvimos en el ferry. Allí terminé el suéter. Hebe se lo probó en seguida. Luego me lo probé yo. A mí me quedaba grande. A ella, en cambio, le había quedado lindo.

Ya en Buenos Aires, papá nos llevó a casa. En la puerta de calle nos encontramos con mamá. Salió muy apurada. Furiosa. Apenas nos saludó. Dijo que había muerto Pedro. Me dejó pasmada. ¿El abuelo Pedro, muerto? ¿Cómo podía ser?

No era la primera vez que moría un familiar cercano. Tres años antes había fallecido el hermano mayor de papá. Pero papi no quiso que nosotros, los chicos, fuéramos al entierro. Mamá estuvo en desacuerdo con papá. Para ella no había nada que ocultar. Así que, cuando murió el abuelo Pedro, me tocó ir al cementerio.

La muerte de Pedro, en vez de darme tristeza, me dio rabia. Clara estaba nerviosísima. Decía que había que hacer montones de trámites y corría como loca de un lado a otro. Yo no entendía qué pasaba. Quise hacer algo por mi abuelo. Se me ocurrió ir a comprarle un lindo ramo de flores a la vuelta de casa. Pero no fui. Demasiada gente había llevado flores. Entonces decidí que, para homenajear a mi abuelo, me peinaría como a él le gustaba: con el pelo recogido. Me pareció que era lo mejor que podía hacer por él. Mi abuelo era un hombre de pocas palabras. Pero cada vez que me veía me decía que estaba más linda y que el pelo lo usara recogido.

A mi abuelo lo velaron en el comedor de su casa. En un rincón estaba sentado solo un amigo de Pedro. Lo vi realmente triste. Yo no lloré en ningún momento. Al día siguiente, fuimos al cementerio de Tablada. El entierro se hizo según el rito judío. Me enojé. Alguna vez Pedro dijo que cuando muriese, no lo enterraran de acuerdo con la religión. Le tuve bronca a mi abuela. No respetaba ni la muerte de su marido.

A mami, en ningún momento la vi llorar. Le oí decir que estaba tan triste que no tenía ganas de ponerse ropa de colores. Me pareció que Pedro había muerto muy viejo y que mami era demasiado grande para ponerse triste. Una íntima amiga de mami, ni bien se enteró de que había muerto Pedro, vino desde su quinta a visitarla. Tampoco entendía qué era eso de venir corriendo porque se hubiera muerto el abuelo.

A los pocos días de la muerte de Pedro, mami empezó a pelearse con Elena y Clara. Yo me sentía cada vez más sola. Sola y perdida. Para colmo, Ester no estaba. Como todos los años, en diciembre, Ester había ido a Santiago del Estero para pasar las fiestas con su mamá. Pero ya era febrero y no estaba de vuelta. Nunca se tomaba más de veinte días. Yo la extrañaba muchísimo. ¿Por qué no volvía? Ni siquiera me mandaba una carta. En casa la reemplazaba una parienta suya. Yo no la quería. Yo quería que volviera Ester. Rápido. Una tarde sonó el timbre de la puerta de servicio. Yo me asomé y vi a Ester. Salí corriendo a abrazarla. Me largué a llorar. La estreché fuerte, con mis brazos, apenas alcanzaba a rodearla: no quería que volviese a irse nunca más. Ella me aclaró que había venido de paso, que todavía no iba a volver a casa. Le pedí que por favor volviera pronto. Ella me contestó para qué la quería si total en casa había otra chica. Me sentí todavía peor. Al verme tan asustada, Ester sonrió y me dijo que era una broma.

Cuando cumplí nueve años papá me regaló un gato siamés. Yo lo adoraba. Como en ese momento estudiaba piano, le compuse una canción. La entonaba muy seguido. En lo de papá, también tenían un siamés. Era de Inés. Las dos jugábamos con él. A mí, me olfateaba constantemente: se daba cuenta de que yo también tenía un gato. Un domingo a la noche, al volver a casa y verle la cara a mamá, supuse que algo malo había sucedido. Pregunté por mi gato, Chacho. Mami me miró con cara de circunstancia. Chacho había muerto. Lloré desconsoladamente. Mami me contó que se había enfermado, llamó a un veterinario pero fue inútil. Chacho se había intoxicado con el veneno para las cucarachas. Yo no podía parar de llorar. Fui al lavadero. Allí estaba, muerto, dentro de su caja. Mamá trataba de consolarme, pero yo no tenía consuelo. Mami también quería a Chacho. Ella decía que los siameses eran muy frágiles. Vino Elena. Se puso tan triste por Chacho como nosotras. Elena me había regalado un libro sobre gatos. Decidimos enterrar a Chacho. Elena tenía auto, y la Panamericana nos pareció un buen lugar. Fuimos en el Fiat 600. Mamá, Elena, Luis y yo y la caja con el gato muerto. Como era la época de la guerrilla, Elena nos advirtió que debíamos tener cuidado. Podía resultar sospechoso que cuatro personas bajaran de un auto al borde de la Panamericana con palas y una caja. Lo enterramos frente a la fábrica Nestlé.

Al día siguiente, Ester vino a despertarme. Tenía que ir al colegio. Yo seguía llorando. Ester me abrazó. Me dijo que no era para tanto: que podía tener otro. Que esos gatos eran demasiado finos. Pero yo no quería otro, yo quería a Chacho. En el colegio, también sentía ganas de llorar. Nunca más cantaría la canción que compuse para Chacho. Su muerte me entristecía y eso no me pasaba nunca. Yo odiaba a los muertos. Cuando moría algún pariente, yo lo odiaba. En esos momentos, mis padres se olvidaban de mí. Cuando murió mi abuelo Pedro, mamá murió para todo y para todos. Salvo para pelearse con su mamá y con su hermana por la herencia.

Unas semanas después de la muerte de Pedro, arreglé, un mediodía, para ir a almorzar con Clara. Como el padre de Laura fue a buscarla al colegio, me llevaron a mí también. Me bajé del auto a dos cuadras de la casa de mi abuela. Una de las cuadras era muy larga. Vi montones de policías. Hacía un mes que había caído Isabel Perón. La atmósfera me resultaba extraña. Habían puesto una valla en la esquina. Caminé con mucho miedo. Sin apuro. No quería que me vieran. A lo lejos, un policía me hizo señas. Parecía pedirme que me fuera, o que corriera. Seguí caminando como si nada. Sentí cada vez más miedo. No quise retroceder. Yo no había hecho nada malo. Llegué a la casa de mi abuela asustadísima. Clara no estaba. Me recibió la mucama. Me dijo que Clara ya iba a llegar. Sonó el teléfono. Atendí: era mamá. Me pidió que me fuera inmediatamente de lo de mi abuela y volviera a casa. Yo pensé que mamá sabía qué estaba pasando en la calle con la policía. Le pregunté si ocurría algo malo. Mamá se puso muy nerviosa. ¡No quiero que comas ahí!, me gritó. ¡Volvé a casa! Le pregunté nuevamente si pasaba algo pero no me contestó. ¡No quiero que comas ahí! —insistió. Sin darle ninguna explicación a la mucama, me fui.

Mami siempre llegaba a casa enfurecida por los líos con Clara. Aunque le contaran que yo había hecho lo más terrible del mundo, ella seguía en su tema, sin que le importara nada más. Yo incluso sabía que si no quería hablar de mí con mi mamá, no tenía más que preguntarle algo respecto a Clara. A medida que pasaba el tiempo, yo me sentía cada vez menos tomada en cuenta. Mami le había iniciado juicio a mi abuela por la sucesión.

Papá también estaba lleno de líos. En marzo de 1976, los militares habían tomado el poder. Papá era considerado un hombre de izquierda. Recibía amenazas constantemente. El año anterior lo había ido a buscar la Triple A, pero él no estaba en su casa. Yo no conocía casi nada sobre la vida ideológico-política de mis padres. Lo único que sabía era que cada vez se ocupaban menos de mí.

El año anterior Elena y Guille lo habían tenido a Esteban. Cuando estaba por nacer, mami, Luis y yo fuimos al sanatorio. La espera se nos hacía interminable. A Elena aún no la habían llevado a la sala de partos. Como tío Guille era neonatólogo, la acompañaba todo el tiempo. Yo me asomé a la habitación. Vi una panza enorme cubierta por la sábana blanca y Guille me hizo una señal para que saliera. Me di cuenta de que tenían para rato. Ya cansados de esperar, volvimos a casa aún antes de que el bebé naciera. Después nos avisaron que había sido varón y que se llamaba Esteban.

El parto fue con cesárea y mi tía, que no estaba del todo bien, me pidió que, diariamente, sacara a pasear a su perra. Era diciembre. Ya no tenía que ir al colegio. Acepté contenta el pedido de Elena. Todas las mañanas iba a la casa de ellos, permanecía un rato allí y después iba a la plaza con la perra. "Quedate por lo menos una hora", me pedía Elena. Yo me llevaba los libros de Tintín y dejaba que la perra jugara por donde quisiera. Estaba encantada de ser la sobrina de Elena y de Guille. Me sentía orgullosa de mi primito. Era muy blanco y tenía los ojos grises. Elena decía que era una suerte que hubiera nacido en diciembre porque no había que ponerle mucha ropa. Yo, de paso, aprendía cosas acerca de los bebés. Nunca había visto a una mamá dándole la teta a su bebé. Y me sentía importante. Tenía un primo de verdad y además me necesitaban para que me ocupara de la perra.

Tres meses después del nacimiento de Esteban murió el abuelo Pedro. En poco tiempo dejé de ver a Elena, Guille y Esteban. En el verano siguiente, Luis fue a Suiza. Mis tíos estaban viviendo allá. Se habían ido a las apuradas. Luego del golpe del 76 mi tía tuvo miedo por su militancia en el peronismo. Aunque no había sido guerrillera, sabía que los militares no hacían distinciones para llevarse a la gente. Luis me contó que Elena

42

sabía que me había venido la menstruación. No logré imaginar de qué forma se podría haber enterado, si ni siquiera nos habíamos despedido cuando ellos se fueron a vivir a Europa.

4

A los diez años empecé a tener tetas. Me angustié muchísimo. No quería ser grande, por nada del mundo. Quería dejar de crecer. Me horrorizaba. Me probaba ropa hasta encontrar la que me ocultara más las tetas o me las aplastaba con el corpiño de la bikini. Envidiaba profundamente a las chicas que todavía no habían empezado a desarrollarse.

En quinto grado, con mis compañeros de colegio, empezamos a hablar de temas sexuales. Yo estaba convencida de que una mujer, para quedar embarazada, debía tener relaciones sexuales mientras estaba con la menstruación. Las chicas de mi grado me preguntaban cómo se enteraba una mujer de que le vendría la menstruación. Eso yo no lo sabía. Como se debatía tanto el tema, las maestras decidieron dar una clase de educación sexual. El propósito era aclarar las dudas. No se me aclaró ninguna: nadie entendió el lenguaje ni las diapositivas que pasaron. Yo no quería ser mujer. Que las mujeres fueran otras. Los hijos de Hebe y Luis la cargaban a Inés porque tenía novio y tetas grandes. A mí ni me miraban. Yo era un varón más. De nosotros seis, la única mujer era Inés. No había lugar para ninguna otra. Ella era flaca y linda. En cambio yo era fea. Ningún varón se fijaría en mí.

La casa de papá era como otro colegio. Cuando nos portábamos mal papá nos retaba de la misma forma que la directora. Nos hacía callar. Y para colmo, a todos juntos. Ni siquiera en eso me llevaba el apunte a mí sola. Papá decía que Inés era la única que ayudaba en la casa. Era su preferida. Los demás éramos unos vagos. Ni siquiera capaces de poner la mesa. Yo detestaba ser parte del malón. A Inés la odiaba. La envidiaba en absolutamente todo. Era la única mujer a la que envidiaba.

Hebe se entretenía dándonos clases de educación sexual. Se la pasaba explicándonos qué era la menopausia. Ya me lo sabía de memoria. Decía que le planteáramos cualquier duda que nos surgiera. Y otra vez me sentía como en el colegio.

Con mis amigas comentábamos a qué edad le había venido la menstruación a cada una de nuestras madres. Mara contaba que a la suya le había venido a los nueve años. Yo decía que a mi mamá, a los quince. Pero no era cierto. En realidad, no le había preguntado. Casi nunca hablaba de temas sexuales con mamá. Una vez le conté que para la madre de una amiga mía hacer el amor era una necesidad. Para mamá eso no era cierto.

A mí me explicaron que era algo así como comer, le dije. Mamá se enojó. Gritó que era una mentira. Que no eran comparables. Que si no le creía pensara en las monjas o en las personas separadas. Yo le creí a mamá. Ella estaba separada y dormía en una cama igual a la mía. Papi y Hebe no decían nada acerca de si era una necesidad o si era placentero, como había oído por otro lado. Ellos lo contaban como algo que servía para tener hijos y nada más. Yo pensaba, por un lado, que papá y Hebe, como no tenían hijos, no debían tener relaciones sexuales. Pero, por otro lado, también había escuchado que las personas casadas, aun sin hijos, las tenían.

Los varones de mi grado comentaban que algunas chicas se ponían corpiños con algodón. Me parecía ridículo. Yo les explicaba que nosotras no queríamos tener tetas. Que estaban totalmente equivocados. Pero no había forma de convencerlos.

No quería que me viniera la menstruación. Como fantaseaba que a mamá le había venido a los quince años creía que a mí me pasaría lo mismo. Pero de todas formas, me daba cuenta de que mamá y yo éramos distintas. Teníamos cuerpos muy diferentes, mamá era una estaca, y yo tenía más formas. Pero me daba vergüenza ser más grandota que mamá. Aunque, por otro lado, me gustaba. Nunca había querido que se notara que era su hija. De chica, cuando Ester me llevaba a la plaza, le preguntaban si yo era hija suya. Ella respondía que no. "Dale, dale, decí que sos mi mamá", le pedía.

Mamá nunca me llevó a la plaza. Yo prefería ser hija de Ester. En el colegio también creían que Ester era mi mamá. Ella me llevaba y me iba a buscar. Mamá era rubia y con ojos claros. En cambio yo, morocha y con ojos oscuros. Nadie podía creer que yo fuera su hija. Luis era rubio. Él sí que era hijo de mamá. Yo era la fea de la familia. La negra de la familia. Me preguntaban por qué yo no era rubia, o no tenía ojos verdes como los de mamá, o no era flaca como Inés o no vivía con papá, como Hebe.

Los fines de semana, en la quinta de papá, siempre jugaba con varones. A la noche, jugábamos a las escondidas. Era mi oportunidad para esconderme con un amigo de Andrés que me gustaba. Pero ni me llevaba el apunte, no se daba cuenta de que me escondía con él a propósito. Un sábado vimos una película por televisión. Se trataba de la vida de una pareja. El hombre, mucho mayor que la mujer. Papá me aconsejó que nunca me enganchara con un hombre demasiado mayor que yo. Me traería problemas. Lo único lindo de los fines de semana en la quinta era quedarme hasta tarde mirando el fuego de la chimenea. Podía permanecer horas mirando el fuego y fantaseando. Me parecía que encerraba algo maravilloso. Me hipnotizaba. A los dos años de haberla comprado, papá vendió esa quinta. Compró un campo en Luján. Ya éramos más grandes. Las relaciones habían empeorado. Inés iba solamente si la acompañaba el novio. Luis, con sus amigos. Andrés y José se habían hecho íntimos de los vecinos, que eran todos varones. Yo no sabía qué hacer. Lo único que me quedaba era jugar con ellos. Otra vez, ser un varón. Los chicos me contaron que los obreros que hacían la pileta opinaban que yo era más linda que Inés. No les creí, estaba segura de que era un chiste.

El primer verano que tuvimos el campo, los hijos de Hebe pasaron allí el mes de enero. Yo iba los fines de semana. Un sábado llegué con el pelo más corto y pantalones nuevos. Había ido a la peluquería con mamá. A papá y Hebe no les gustó que me cortara el pelo y les pareció que para el campo no se necesitaban pantalones tan elegantes.

Al pasar a sexto grado, mi cuerpo cambió. Descubrí de pronto que tenía cintura afinada y cola de mujer. Me daba vergüenza ponerme pantalones. No quería que me vieran de atrás. Tenía un par ajustado. A mamá le parecía que me quedaban ideales.

Mientras estaba en la quinta de una amiga de mamá, descubrí que me habían salido pelitos en las axilas. Me pareció horrible. ¡Qué angustia! Era algo espantoso. Irremediable. No se lo conté a nadie. Supuse que se reirían de mí.

En casa de papá encontré un libro de educación sexual. Allí había una foto de un adolescente desnudo. Se le veía el pito y tenía muchos pelos alrededor. Me asustó ver esa foto y cerré en seguida el libro. Pero después tuve ganas de volverla a ver. Busqué el libro varias veces en la biblioteca. No pude encontrarlo. Moría por ver nuevamente esa foto.

Era muy común que los hijos de Hebe anduvieran por la casa en calzoncillos. Especialmente Pablo. Salía de bañarse con una toallita que siempre se le caía. Yo aprovechaba para mirar. Nunca alcanzaba a ver demasiado. Pero me encantaba. Era maravilloso ver a Pablo en toallita.

Durante séptimo grado sufría como loca por la amenaza de la menstruación. Rogaba a Dios que no me viniera. Estaba asustadísima. Una vez encontré una mancha en la bombacha. Pero no era de sangre. Le pregunté a Hebe qué era el flujo. Quiso saber si yo había tenido. Contesté que no. Que era solamente una curiosidad.

A los doce años compartía con Mara la pasión por la ropa. Nos probábamos los vestidos de su mamá. Mara se ponía tacos altos. Me explicaba que hacían más flaca. Nos empezaron a gustar chicos de otros colegios. Los conocíamos en fiestas. Una vez fuimos al baño de los padres de Mara; ella me mostró una cajita con forma de ostra: adentro había una goma redonda. "Éste es el forro que usan mis viejos para coger". Me asombró un poco la forma. Mara me contó que eso se ponía en medio de los dos. Yo no entendí nada. Tampoco pregunté.

En casa de Mara me sentía más cómoda que en ningún otro lado. Un día ella me contó que tenía pelitos en las axilas y que la madre le había dado una crema para sacárselos. Mara decía que ni bien fuéramos más grandes tendríamos que depilarnos con cera. Me preguntó si yo también tenía pelitos. Contesté que sí. Me pareció increíble que esos pelitos se pudieran sacar. Yo me cortaba los de la concha con tijera pero no se lo contaba a nadie. Al depilarme las axilas podía decir que a mí, todavía, no me habían crecido.

Mamá nunca me prestaba su ropa. Tampoco me decía nada con respecto a cómo era ser mujer. Yo no le preguntaba. La odiaba y no quería ser como ella.

Llegó el día nefasto en que me vino la menstruación. Lo mantuve en secreto. Pero mamá lo advirtió. Apareció en mi cuarto cuando yo ya estaba en la cama. Me preguntó si tenía algo para contarle. Respondí que no, aunque yo sabía muy bien a qué se refería. Insistió. Volví a decirle que no. Me dijo que sabía que me había venido la menstruación. Me tapé la boca con la sábana y dije "Ah, sí". Me pidió que me sacara la sábana de la boca, que le impedía oírme. Yo no quería que me escuchara. No corrí la sábana. Sólo deseaba que se fuera de mi cuarto lo antes posible. Me preguntó por qué no se lo había contado. No quise contestarle.

Cierto día en el campo, hacía mucho calor. La pileta estaba llena y yo con la menstruación. Fui la única que no quiso ponerse traje de baño. Todos me preguntaron por qué. Yo respondí que no tenía ganas de bañarme en la pileta. Ni loca les contaría la verdad. Me moría de vergüenza. A la noche todos estaban tostados. Yo era la única pálida. Me sentía más fea que nunca.

Durante séptimo grado, Mara y yo nos pasábamos todo el día juntas. Los varones eran siempre tema de conversación. Las dos queríamos tener novio. Los padres de Mara, con sus hermanas menores, iban los fines de semana a la quinta. A Mara a veces la dejaban quedarse en Buenos Aires. Yo le pedía permiso a papá para quedarme con mamá. Entonces Mara y yo podíamos ir juntas a fiestas los sábados a la noche.

Cierto fin de semana, mamá no quiso que me quedara con ella. Pero había una fiesta, y yo no dejaría de ir. No me molestó que mamá se opusiera a que permaneciera en casa. El problema era fácil de arreglar: le diría a papá que me quedaba con mamá; a ella, que me iría al campo. Mara comunicaría a sus padres que vendría al campo conmigo y el sábado a la noche, después de la fiesta, iríamos a dormir a lo de papá. Yo había conseguido una de las llaves de su casa. Estábamos seguras de que, durante el fin de semana, en casa de papá no habría nadie. Nos pareció que el plan era perfecto.

La fiesta era en un barrio desconocido para nosotras. A eso de las tres de la mañana decidimos irnos. Era la primera vez que íbamos solas a un lugar tan alejado. Caminamos varias cuadras. Nos fijamos los números de los colectivos mirando en las paradas, pero no encontramos ninguno que nos resultara conocido. La casa de papá quedaba en Belgrano. No teníamos idea

52

de cómo llegar hasta allí. Pero no teníamos miedo. Nos parecía divertido. Aparecieron dos chicos que también habían salido de la fiesta y vivían en Belgrano. Decidimos tomar juntos un taxi. Teníamos la sensación de que nos costaría una millonada. Al bajar en lo de papá, Mara y yo nos quedamos sin un centavo. Los chicos siguieron viaje.

Traté de abrir la puerta y no pude. Intentamos varias veces sin suerte. Empezamos a preocuparnos. Eran las cuatro de la mañana y no teníamos ni un centavo. Me di cuenta de que la puerta estaba cerrada además con Trabex, y de ésa no tenía copia. Se nos ocurrió ir caminando a la casa de mamá pero no sabíamos cómo llegar. Nunca habíamos hecho ese trayecto a pie. Otra posibilidad era quedarnos durmiendo afuera hasta la mañana y al día siguiente pedir plata por la calle. Desechamos esa idea: hacía demasiado frío. Mientras tanto, seguimos poniendo y sacando la llave. De pronto alguien preguntó: "¿Quién es?" Pensé que quizá era Inés. "Somos Mara y Luz." Carla, la novia de Pablo, nos abrió la puerta. Sentí que me volvía el alma al cuerpo. Carla dijo que estábamos locas. Pablo también había mentido. Se suponía que estaba en la quinta de Carla. Estuvimos charlando un rato los cuatro en el cuarto de Pablo. Nos preguntaron qué hacíamos allí a esa hora. Carla nos trataba como si solamente nosotras fuéramos unas nenas, y ella tenía apenas unos meses más que nosotras. Estaba en primer año del secundario. Al amanecer,

Mara y yo fuimos a dormir a mi cuarto.

Mamá y papá se enteraron de la mentira. No supe a través de quién. Menos aún, cómo hicieron para enterarse ambos si no se comunicaban. Pero no me retaron.

En septiembre de ese año me metí con Mario. Pablo en seguida comentó: "Carla lo conoce a tu novio". Al día siguiente de que se me declarara, fui a navegar con mamá y su compañero. Hacía cinco años que salía con él. Me descompuse en el barco. No comí nada en todo el día. Estaba preocupadísima. No paraba de pensar en el momento en que Mario me diera un beso. Yo les había dado besos a los chicos de mi grado, pero no de los verdaderos.

Como Mario salía de la escuela más temprano, me pasaba a buscar. Mara estaba todo el tiempo entre nosotros. Yo no la aguantaba. Le pedía por favor que se fuera, que nos dejara en paz.

Pablo tenía novia, Inés tenía novio, Andrés tenía novia. Era imprescindible que yo también tuviera novio. Yo soñaba con un novio de la secundaria y Mario estaba en séptimo grado. Los de la secundaria, me parecían maravillosos. Mara me contó que le iban a presentar uno de quince. Yo también quería. Mara me dijo: "Vos ya tenés novio". Pero cierto día Mario fue a un campamento, y poco después me chimentaron que allí se había metido con otra. No quise verlo más. De todas formas, en noviembre, él me invitó a su cumpleaños. Era unos días antes que el mío. Cumplíamos trece. Fui pero no le llevé el apunte. Él y su hermano vivían con la madre. Su cumpleaños lo festejó allí. Yo estaba intrigada por conocer a su madre. Mario me contó que su mamá tuvo dos intentos de suicidio: una vez se tiró del primer piso y otra, del séptimo. Mario me lo contó en la casa de un amigo suyo. Estábamos los dos solos y con la luz apagada. Sentí que le dolía mucho decírmelo.

A medida que se acercaba diciembre, me sentía cada vez más sola. Me entristecía terminar la primaria. Antes de que finalizaran las clases cumplí trece años. No quise festejarlo. Vinieron algunos amigos a visitarme. Pero yo estaba triste. Ese día, como siempre, almorcé con papá. En general, aquella tarde, faltaba al colegio. Esa vez no quise hacerlo. A todos les pareció raro que estuviera en el colegio el día de mi cumpleaños. Mario fue a buscarme a la salida. Pero ya no me interesaba más.

Yo fantaseaba que el día que terminaran las clases iba a llorar mucho. Me imaginaba que era el fin del mundo. Hicimos dos fiestas: una en el colegio y otra en el campo de deportes. Sin embargo, no pude sentir tristeza. No derramé ni una lágrima. El último día de clases todos festejaron el fin de curso en la calle. Yo no me decidí a salir y estuve sola en casa. Ester me dijo que se veían chicos por todos lados. Llamé a Mara por teléfono. No la encontré. Ya había salido a festejar. Me sentí tonta sentada en la cocina mientras todos se divertían por la calle. Yo no quería festejar el fin de la primaria pero tampoco quería estar sola.

En las vacaciones, papá, Hebe, sus hijos y yo fuimos a Nueva York. Estuvimos allí más de un mes. Luis fue a Punta del Este con mamá. Papá tenía ganas de ir a vivir a Nueva York. Le ofrecían un muy buen trabajo.

Una mañana me volvió la menstruación. Pensé que era el momento de que papá y Hebe lo supieran. Prefería contárselo a Hebe antes que a mamá. Es más, a Hebe se lo quería contar. Me parecía que me trataría bien. A la mañana temprano, fui al cuarto de papá y Hebe. Me daba miedo tocar la puerta. De chica me quedaba horas dando vueltas por la casa sin animarme a golpear. Pero esta vez golpeé y me dijeron que pasara. Ya estaban despiertos, cosa que me extrañó. Sentí algo raro en el ambiente pero no le presté atención. Le conté a Hebe que me había venido la menstruación por primera vez. Era mentira, pero me había dado vergüenza hablar con ellos aquella vez. Estaba tan acostumbrada a mentir que lo hacía con naturalidad. Hebe me felicitó. Estaba contenta. Yo también simulé que me alegraba.

A la noche vino papá a nuestro cuarto. Nos contó que mi primo Marcos había desaparecido. Me di cuenta de que ésa era la razón por la cual había notado algo raro esa mañana. No entendí qué quería decir que hubiera desaparecido. Papá dijo que lo habían ido a buscar unos policías vestidos de civil. Argumentaron que querían hacerle unas preguntas antes de que entrara en el servicio militar. A mi tía le prometieron que su hijo es-

56

taría al día siguiente en el lugar donde debía presentarse. Nadie supo nada más acerca de Marcos. Me impactó la cara de papá al decirnos "Desapareció Marcos". Era una mezcla de rabia y fatalismo. Marcos era su único sobrino. Inés habló de un "hábeas corpus". Yo no entendí qué era eso. No pregunté.

Durante ese viaje fue la primera vez que nos dejaron no ir a los museos. No lo podía creer. De todas formas, cuando no iba me sentía horrible. Inés siempre salía con Hebe. En cambio, yo me iba a pasear sola. Me compraba ropa y no se la mostraba a nadie. La escondía para que no me llamaran "consumista". Yo decía que nunca usaría corpiño. No quería ni oír hablar del tema. Por otro lado, sabía que nadie me lo compraría. En una de las tantas tiendas que siempre recorría, me acerqué a un perchero del que colgaban montones de cajas de corpiños. Elegí una. En la caja había una foto de una chica de mi edad. Lo compré sin probarlo. Y ese paquetito lo escondí más que ninguna otra cosa.

5

Cuando llegué a séptimo grado, le había juntado mucha bronca al colegio. Quería dejarlo. Con mis dos mejores amigas decidimos irnos a otro; a uno del Estado. Varios chicos de mi clase se habían pasado ese año. Me parecía bien. Que se jodieran los directores del Instituto Horizonte. Ojalá se fundieran.

Mara, Laura y yo caímos en una escuela en la que todo nos parecía ajeno. No la soportamos ni siquiera dos meses.

Le dije a mamá que quería volver al Instituto Horizonte. No me dejó. Armé un escándalo. Grité tanto que finalmente accedió. Mara también gritó y sus padres también accedieron. Los de Laura no. Mara y yo volvimos. Laura se quedó sola en la escuela del Estado. Me sentí muy mal con ella. Laura pasaría todas las tardes sola en su casa.

Nuestro colegio era de doble escolaridad. A la mañana teníamos castellano. A la tarde, inglés y otras actividades: música, ajedrez y esas cosas. Todo me parecía una farsa. Mamá siempre criticaba la forma en que nos enseñaban inglés.

En el libro de lectura de quinto grado apareció un cuestionario para hacerles un reportaje a nuestros padres. Había preguntas tales como dónde se habían conocido, dónde se habían casado, qué tal se llevaban. Al verlo me asusté. Cuando me tocó preparar las preguntas me asusté más todavía. Mientras mamá se secaba el pelo le presenté las preguntas. El secador hacía mucho ruido. Respondió con frases cortas. No le entendí bien y ella a mí tampoco. Finalmente me contó que papá y ella se habían conocido en Estados Unidos. Se habían casado en Chicago. A mi mamá le pareció muy mal que nos dieran ese libro de lectura. Era probable que no todos los padres quisieran contestar a esas preguntas.

Que mamá y papá estuvieran separados me avergonzaba. Sin embargo, decía que no tenía ninguna importancia, que me daba lo mismo. Que no me iba a quejar por eso. En mi clase había otra alumna con los padres separados. Se quejaba. Estaba triste. Yo la odiaba. Me parecía tonta. Mi papá ya se había casado con Hebe. Sentía que a mí me habían pasado cosas mucho peores que la separación de mis padres. Siempre lo había tomado como un hecho indiscutible. Ellos se habían separado cuando yo tenía dos años. No los recordaba juntos. Es más, me resultaba difícil imaginar que alguna

60

vez hubieran estado casados. Odiaba a esa chica que lloraba porque sus padres se habían separado.

A ella le daba pena por su hermanito. Era tan chi-quito y ya se habían separado sus padres. Me parecía indignante. Seguro que nadie había pensado que yo era tan chiquita cuando mis padres se separaron. Prefería que mis padres estuvieran separados. Era una situación muy ventajosa. Siempre podía hacer lo que quería. Aunque me sentía marginal, encontraba un cierto placer en esa marginalidad. El mero hecho de imaginarme a mis padres juntos, me asfixiaba. Era mejor así. Los dos eran míos pero por separado. Mamá y papá no sólo estaban divorciados, sino que además nunca se hablaban. Se odiaban. Jamás se encontraban. Ni siquiera para charlar sobre nosotros.

Me llenaba de orgullo la certeza de que la separación de mis padres no me había afectado.

Había chicos a los que les empezaba a ir mal en el colegio a causa de eso. Yo era excelente alumna. Una de las mejores de mi grado. Y nunca lloraba.

Mamá me compró *El libro de los chicos con padres separados*. No quise leerlo. También lo encontré en casa de papá. Hebe lo había comprado para sus hijos. Vi que también lo tenía un chico del colegio. Sentí una cierta complicidad con él. Y a la vez rechazo. No me parecía bien que lo tuviera entre sus cuadernos. Para mí, tener los padres separados era además un privilegio sobre los demás chicos. Ellos no podían elegir si querían estar con su mamá o con su papá. Yo sí. Yo lo elegía diariamente.

Me daba miedo que mamá y papá se vieran. No pasaba muy seguido. Ni siquiera a través del colegio. Mamá jamás pisaba la escuela para asistir a reuniones de padres ni a los actos. Al día siguiente al de las reuniones de padres, mis compañeros comentaban con la maestra lo que en sus casas les habían contado. Yo no tenía nada que decir. Los míos nunca habían ido.

Era horrible tener que ponerme a explicar que mis padres estaban separados. Y que mi papá se había vuelto a casar con una mujer que tenía cuatro hijos de su matrimonio anterior. "No, ésos no son mis hermanos, no, yo no vivo con mi papá, ellos viven con mi papá pero no son sus hijos, míos no son nada." Desde que estaba en el Jardín de Infantes yo hablaba de los padres separados. Si alguien contaba que sus padres no estaban juntos, yo le pedía que precisara: quería saber si estaban separados o divorciados. En ese momento, mis padres estaban separados, pero no legalmente. Cuando papi estaba por casarse con Hebe, quiso hacer rápidamente la separación de bienes. Fue la primera vez en mi vida que oí hablar de juicios y abogados. El juicio de mamá y papá parecía muy complicado. Papá quería que Luis y yo viviéramos con él. Mamá, que viviéramos con ella. Llegaron a un arreglo: estaríamos un día en cada casa. ¡Linda solución! Los papeles nos obligaban a vivir repartidos.

En quinto grado, Laura era mi gran amiga. Como vivíamos a una cuadra y las dos volvíamos a almorzar a nuestras casas, viajábamos juntas. En el colectivo cantábamos canciones de Sui Géneris. Había un estribillo que decía "... en la Recoleta...". Nos gustaba. Ése era nuestro barrio. Nos empezábamos a dar cuenta de que en Buenos Aires había distintos barrios. Sabíamos que el colectivo 110, el que tomábamos para ir al colegio, tenía la terminal en Villa del Parque. Pero nosotras bajábamos en Canning y Paraguay. Más allá, todo era un misterio. Me encantaba que Laura y yo fuéramos vecinas. La canción de Sui Géneris seguía: "... acorde con su alcurnia...". Nos preguntábamos qué querría decir alcurnia. Laura me llamaba por teléfono todos los mediodías para cerciorarse de que a la una nos encontraríamos en la parada. Me sentía feliz cantando con Laura en el colectivo.

Si bien mamá y papá no estaban juntos, papá vivía cerca de casa. Ya se había mudado varias veces, pero siempre dentro del mismo barrio. Su primer departamento con Hebe y sus hijos fue el de Libertad y Alvear. Era un dúplex. Yo lo odiaba. La calefacción era sofocante. A la mañana me despertaba con la garganta seca. No podía tragar. Lo único que me aliviaba era el Nesquik con leche tibia. Me aterrorizaba ante la posibilidad de que no hubiera Nesquik o leche. En el departamento de papá nunca había nada de lo que yo quería. Me parecía espantoso que no hubiera leche para el desayuno.

63

Odiaba este departamento de papá más que todos los otros. En el mío eso no sucedía. Ester siempre se ocupaba de que hubiera todo lo necesario. A la mañana, ella me traía el Nesquik a mi cuarto. Sólo Ester sabía hacerlo bien: ni muy caliente ni muy frío. La temperatura justa. Tampoco se le formaba nata. Ester era perfecta. ¡En cambio, mamá! A mamá le salía demasiado frío o le ponía poco Nesquik. Siempre hacía algo mal. No la toleraba. La hubiera querido matar. No podía ser que nunca hiciera las cosas bien. Que jamás pusiera atención en lo que hacía para mí.

Papá y Hebe decidieron mudarse. Querían un lugar más grande. Al departamento de Libertad lo habían comprado nuevo. Sin embargo, en muy poco tiempo, estaba destruido. La losa radiante era tan fuerte que los pisos de madera se habían levantado. Me daba asco.

Un domingo me dijeron que me llevarían a ver una casa muy linda en Belgrano que estaban a punto de comprar. A papá le parecía que Belgrano era un poco lejos. Pero, por otro lado, le gustaba la idea de vivir en una casa con jardín. A mí me fascinaba la perspectiva. La casa de Belgrano en la calle Virrey Loreto me encantó. Me entusiasmé con la mudanza. Sin embargo, el entusiasmo me duró poco. La realización de los proyectos de papá, indefectiblemente, me desilusionaba. Parecían lindos y después, cuando se concretaban, resultaban horribles. No sabía por qué. Pero era así. Papá no hacía más que frustrarme.

Cuando compraron la casa de Belgrano, descubrí que ya no podría ir caminando a lo de papá. Se mudaba a otro barrio y le dije que no me gustaba que se fuera tan lejos. Me contestó que no era tan lejos. Que eran veinte minutos de colectivo. Pero yo sentía que era mucho más que veinte minutos. Me parecía que papá se alejaba más y más. Ir a su casa se convertía en un esfuerzo cada vez mayor.

Hebe me contaba cómo arreglarían la nueva casa. Yo compartiría el dormitorio con Inés, como en Libertad. En cambio, Luis y Pablo, que en Libertad compartían el cuarto, tendrían, uno para cada uno en Virrey Loreto. Sentía que mi lugar en esa familia ya casi no existía.

Todos se comportaban como si fuéramos una familia. Como si Luis y yo fuésemos hermanos de los hijos de Hebe. Yo trataba de creerlo. Me hubiera gustado tener más hermanos. Pero me daba cuenta de que era una farsa: tanto el proyecto de la casa de papá como que todos fuéramos hermanos. Siempre terminaba por sentirme traicionada. No había lugar para mí. Por más que me destinaran una cama, ése no era mi cuarto. Era una intrusa. Daba vueltas por la casa sin saber a dónde ir. Creerle a papá desembocaba en un chasco. Y otra vez la misma historia: los martes y jueves en su casa y los fines de semana en el campo reinaba la indiferencia. El descuido. Y eso, supuestamente, era una familia.

Entrar en el secundario me resultó nefasto. No

quería terminar la primaria. Rendí el examen de ingreso en el Liceo 5. Pasé con muy buena nota. Me parecía desagradable que el colegio fuera solamente de chicas. No sabía por qué había elegido ese colegio. Quizá porque quedaba en Belgrano. O porque iba la novia de Pablo. Lo cierto es que no podía soportar ir allí todos los días.

En el primer bimestre, y a pesar de mi disgusto, saqué buenas notas. Le di el boletín de calificaciones a mamá para que lo firmara. En el casillero donde decía firma del padre, tutor o encargado, mamá, en vez de firmar, escribió mi nombre. Se confundió. Vino a mi cuarto en medio de grandes carcajadas. Me extendió el boletín para que viera. Había escrito Luz Golman. Yo también me reí aunque por dentro mamá me pareció más despreciable que nunca. Traté de imaginar qué pensaría la celadora cuando se lo dijera. Me parecía increíble. Sólo a mi mamá podía pasarle algo así. Tuve miedo de que la celadora creyera que yo había querido falsificar la firma de mi mamá. Pero lo descarté: yo hubiera tenido que estar demasiado loca para equivocarme y escribir mi nombre en lugar del suyo. De todas formas, para las autoridades del colegio no dejó de ser sospechoso. Al boletín lo consideraban un documento sagrado. Lo que había hecho mi mamá les pareció una verdadera burla.

La celadora, atónita, escuchó mi anécdota. Le resultaba difícil creer que una madre se equivocara de esa forma. Me dijo que cosas así nunca sucedían. Pero ya que había pasado, mi mamá tendría que disculparse por escrito ante la rectora. Mamá escribió la carta. Al día siguiente se la entregué a la celadora. Me miró indignada. Gritó que en ese papel no se le podía escribir una carta a la rectora. Dijo: "¡Hay que usar papel oficio!". Mamá me miró con cierta impaciencia. No tenía idea ni de cómo escribirle esa carta a la rectora ni acerca del papel que debía usar. Pero ya que había que usar papel oficio, que yo fuera a comprarlo. Nuevamente escribió la carta. Esta vez, la aceptaron. Me enfurecí con mamá. A ella no le preocupaban los mismos temas que a las demás madres. Pese a todo, en algún lugar de mí misma sentía un cierto placer: me parecía bien que mi mamá burlara a las autoridades. Yo no necesitaba portarme mal. Lo hacía ella. Y yo también me reía.

Ese año —1977— papá decidió ir a vivir al exterior. Su proyecto era instalarse en Nueva York con Hebe, sus cuatro hijos, Luis y yo. Al principio, Hebe no quiso saber nada con dejar Buenos Aires. Papá y ella discutieron mucho por ese tema. Pero en la Argentina, la situación se ponía cada vez más difícil para papá. Le mandaban anónimos constantemente.

Me entusiasmé con la idea de que nos fuéramos del país. Quería dejar a mamá. Luis había dado libre el último año del secundario. Le gustaba pensar que iría a la universidad en Estados Unidos. Me decían mis amigos que estaba muy mal dejar sola a mamá. Pero a mí, mamá no me importaba. Me había fallado en todo. Hasta se había peleado con Elena. Ya no tenía perdón. Nada de lo que hiciera valía la pena. Yo me iba con papá y Hebe.

Dejé de ir al colegio. En unos meses estaría en Nueva York, ¿para qué ir al colegio acá? Ni siquiera tomé la decisión de dejar. De pronto no fui más. No hubo ningún comentario al respecto, ni de mamá ni de papá.

A los trece años, ya no creía en nada. En absolutamente nada. Era una escéptica total. Me habían traicionado en todo. No había quedado esperanza sin frustrar, ilusión sin decepcionar. Tampoco tenía más mi grupo de la primaria. No me quedaba nada en Buenos Aires. No me quedaba nada en la vida. Fui a Nueva York con la esperanza de formar una nueva familia. Con papá, Hebe y sus hijos. Partimos hacia allí Hebe, papá, Andrés, José y yo. Luis se había ido antes, por su cuenta. Inés y Pablo se quedaban. Inés, para terminar el secundario en diciembre. A Pablo, en cambio, le faltaba un año. Nosotros nos fuimos en agosto de 1977.

El domingo de la partida, mamá vino a despertarme. Me dijo que nos despidiéramos en ese momento. Que después sería peor. Que no quería acompañarme a Ezeiza. Le resultaría demasiado triste. Acepté. Que no me acompañara si no quería. Me daba lo mismo. No me parecía que me estuviera yendo. Todo era una nebulosa. La noche anterior, mamá y yo habíamos ido al cine. Vimos *La flauta mágica*, de Bergman. Sabía que papá,

Hebe y algunos de los hijos de ella también estaban allí pero no nos encontramos. Yo no me llevaba demasiadas cosas. Me parecía que no tenía nada. Empaqué algo de ropa y unos pocos adornos. Ese último domingo en Buenos Aires, fuimos a almorzar a un restaurante: Hebe, sus hijos, papá y yo. Hebe me mostró una pulsera que le había regalado Violeta, su mejor amiga. Me contó cómo se habían despedido. Recordé mi despedida con mamá. Me había despedido de ella con la mente en blanco. Sin pensar en nada. Nada me importaba. No lloré. No sentí tristeza. No sentí odio. No sentí nada.

6

Nada podía ser peor que una visita de mi abuela. Llegó a Bronxville una mañana del mes de marzo, al día siguiente de que se fuera Pablo. No quise ir a buscarla al aeropuerto: fueron papi y Hebe.

En la casa de Bronxville vivíamos: papi, Hebe, Andrés, Inés, José y yo. Leo, el novio de Inés, había vivido unos meses con nosotros. Luego, él y Luis habían alquilado juntos un departamento en el Village. Luis también había vivido un tiempo con nosotros; pero se peleó con Hebe y se fue.

Luis y Hebe siempre se habían odiado. Hebe lo aborrecía. Le echaba las culpas de todo. Era cruel e injusta con él. Yo la odiaba por eso. Pero más lo odiaba a papá. No sabía defender lo que era suyo: su hijo. Yo no decía nada. Prefería no intervenir. Tenía miedo de que Hebe también me odiara. En realidad, era claro que no nos soportábamos, pero nunca nos enfrentamos.

Pablo era el único de los hijos de Hebe que vivía

en Buenos Aires. Estaba en el colegio secundario. Durante las vacaciones había ido de visita a Nueva York. En marzo volvió a Buenos Aires para empezar las clases. Cuando Pablo se fue, sentí que perdía el alma. A Luis y a Pablo yo los adoraba. Con ambos me llevaba muy bien, los dos se habían ido. Y ahora venía mi abuela Gimena ¡qué pesadilla!

En esa época me enteré de que Inés se quedaría definitivamente a vivir con "nosotros". ¡Qué indignación! ¡Otra vez compartir mi cuarto! Ni siquiera tenían la delicadeza de avisarme. No, de un día para otro la instalaban en mi cuarto. Traían otra cama y listo. Arréglatelas. Llenaba mi ropero con su ropa. Pegaba cualquier cosa en las paredes y yo no tenía derecho a decir ni una sola palabra. Para colmo, Hebe venía a la noche a charlar con Inés y hablaban casi en secreto para que yo no pudiera escuchar lo que decían.

La visita de Gimena era una tortura. Hebe no la podía ni ver. La trataba como si fuera una basura. Pasaba horas hablando pestes de ella, parecía un disco rayado. Le criticaba la forma de cocinar, la forma de hablar, decía que a Gimena los museos no le interesaban y que solamente los visitaba para mandarse la parte con sus conocidos en Buenos Aires. Cada vez que Gimena decía algo, Hebe esbozaba una sonrisa irónica. Yo no soportaba el nivel de tensión al que habíamos llegado ante la presencia de mi abuela. Papá y Gimena siempre se habían llevado mal. Eso sí, jamás se peleaban. Ni siquie-

72

ra discutían. Mantenían una relación formal madre-hijo. Supongo que a papá le debía de molestar que Hebe hablara mal de su mamá, pero nunca decía nada.

Yo dormía cuando alguien vino a avisarme que había llegado Gimena. Nunca le dije ni abuela ni abue ni ninguna de esas cosas. A todos mis familiares los llamaba por el nombre. Nada de títulos, salvo mamá y papá. Ella era Gimena, o "la mamá de mi papá". Desde que yo tenía uso de memoria había estado viejita, en cualquier momento moriría y, a pesar de eso, con ochenta años parecía tener cuerda para rato. Cuando me enteré de que estaba en casa no tuve ni ganas de ir a saludarla. Me parecía horrible que se hubiera ido Pablo y que al día siguiente llegara Gimena. Estaba empezando a hartarme de vivir en Nueva York.

Bronxville quedaba en las afueras, a media hora de tren de Manhattan; era un suburbio elegante. Yo estaba acostumbrada a vivir en el centro. Al principio me gustó lo de vivir en una casa; después me resultó insoportable. A la semana de la llegada de mi abuela, hubo un feriado. El día anterior fui a Manhattan, había arreglado con Hebe que me llevaría a comprar ropa. Como estaba en Manhattan, decidí quedarme a dormir en la casa de Luis. Le pregunté si tenía algún inconveniente. Me dijo que no. Que había arreglado para salir y que Leo tampoco estaría en casa pero, de todas formas, yo podía ir y quedarme a dormir.

Fui a su casa. Me dispuse a pensar qué haría hasta

73

acostarme. Hice lo de siempre, escuché música a todo volumen con los auriculares puestos. De esa forma no podía oír nada más, tampoco podía hablar. Aunque en ese momento estaba sola en el departamento de Luis, de todas formas me puse sus enormes auriculares.

Alguien vino a saludarme. Era Leo, me tomó totalmente por sorpresa. Le dije que me quedaría a dormir allí y que Luis me había dicho que ninguno de los dos estaría. Leo no me prestó demasiada atención. Me empezó a hablar como si yo fuera grande. Yo tenía catorce años y él veintitrés, hacía dos años que estaba de novio con Inés. Eran "la pareja". Leo siempre me había parecido inalcanzable. Esa noche estábamos solos en un departamento, donde los dos nos quedaríamos a dormir. Leo no paraba de hablar, yo cada vez entendía menos qué pasaba. Me parecía rarísimo que él charlara conmigo con tanto interés. Me preguntó cuáles eran mis planes para esa noche. Le dije que no tenía ningún plan, que simplemente me había quedado a dormir allí porque al día siguiente no tenía clases. Me preguntó si quería ir con él a una calle llamada St. Mark's Place. Ese lugar estaba de moda, los negocios permanecían abiertos hasta las dos o tres de la mañana, estaba lleno de punks. Me dijo que vendían lindos chalecos, también la nombró a Patti Smith, una cantante punk. Yo la admiraba y la había ido a ver cantar en un teatro de última —el C.B.G.B.— donde tocaban todos los grupos punk. También me habló de alguna gente de un instituto de medicina donde él trabajaba. De alguna forma que no comprendí inmediatamente estaban todos conectados: él, Patti Smith y los del instituto. Juntaban plata y le compraban marihuana a la misma persona. Le dije que no tenía ganas de ir a pasear. Decidió ir él solo, pero al final no fue, nos quedamos conversando. Leo no era nada convencional. Yo sentía un cierto rechazo hacia él, pero al mismo tiempo me gustaba. Me gustaba porque era el novio de Inés; e Inés no sabía que esa noche estábamos los dos solos. Sí, los dos solos, sin Inés. Quizás Inés me odiara si se enteraba. Ya no me importaba.

No teníamos nada más de qué hablar. Decidí irme a dormir. Cuando aún no me había dormido, Leo me llamó desde su cuarto. Me dijo que daban algo bueno por televisión, un programa sobre los Beatles. Me levanté y fui a su cuarto. Me asombró ver el televisor apagado. No dije nada. Trataba de comportarme como si la situación fuera la más normal del mundo. Yo era virgen, nunca me había sentido tan cerca de acostarme con alguien. Era demasiado impactante, mi deseo hecho realidad: Leo quería algo conmigo e Inés no se enteraría. Yo me vengaba, me vengaba de todo lo que ella me había hecho sufrir. Me había robado a mi papá y ahora yo le robaba su novio. Leo me prefería a mí, en realidad me prefería a mí, a ella no la quería. Leo dijo que en su cuarto había una cama, me ofreció que durmiera allí. Sin embargo, antes de que yo misma me diera cuenta, le contesté que no y fui a dormir al cuarto de mi hermano, con la sensación de que había pasado algo indescriptible.

Me abrumaban los pensamientos, no entendía nada de lo que estaba ocurriendo. No alcanzaba a darme cuenta de si todo era cierto o me lo estaba imaginando. ¿Qué diría papá si se lo contase? Probablemente no me hubiera creído, me hubiera dicho que era una mentirosa, que no podía ser cierto que Leo se fijara en mí. Que Inés era linda pero yo no. Que me dejara de inventar historias.

Me fui a dormir totalmente confundida. Ni siquiera nos dimos un beso. Un beso habría bastado para hacerme volar por los aires. Un beso, ¿qué habría sentido? No, no habría sido yo. Me dormí en seguida sobre el colchón que había preparado en el cuarto de Luis, sin siquiera tender las sábanas.

A la mañana siguiente me desperté con una sensación muy extraña en todo el cuerpo. Me miré las manos, las tenía hinchadísimas, tan hinchadas que casi no las podía cerrar. Miraba mis manos y no las reconocía. ¡Y los pies! Estaban tan hinchados que casi no me entraban los zapatos.

Estaba hecha un monstruo, ésa no era yo. La noche anterior otra persona y no yo se había metido en la cama en mi lugar. Me sentía asquerosa, me picaba. Tenía ronchas rojas y enormes por todo el cuerpo y la sensación de que nunca había estado tan sucia. Corrí a darme una ducha. Miré el cuarto de Leo, ya se había ido. Aunque el baño fue largo, no sirvió de nada. Me sentía igual de sucia. Con gran esfuerzo pude ponerme los zapatos. Las ronchas eran cada vez más grandes. Parecía una erupción imparable, no se me ocurría cómo frenarla. Deseaba, rogaba volver a mi estado normal, que aunque me disgustaba, era mucho mejor que eso. Me asusté al verme la cara en el espejo. Con ese aspecto no podía salir a la calle. Menos aún, ir a comprarme ropa.

Hebe y yo habíamos quedado en encontrarnos en la puerta de un negocio esa misma tarde. Era la oportunidad para comprarme ropa. En un principio no supe cómo pude convencer a papi y Hebe de que necesitaba ropa. Ni se me ocurría pensar que Hebe estuviese buscando mi complicidad contra su suegra. Hacía varios meses que me veían con el mismo pantalón, quizá era eso. Específicamente, íbamos a comprar pantalones. Esa vez se trataba de algo especial. Iríamos solamente Hebe y yo. Sí, Hebe iba a dedicar un poco de su tiempo para que fuéramos juntas a comprar ropa.

Los shopping-centers quedaban lejos de casa. Sólo se podía llegar en auto. Los sábados a la tarde me prometían que iríamos de compras. Pero el programa se hacía interminable. Éramos montones. Así se tratara de comprar un clavo, todos querían ir. Hasta que lográbamos salir se hacía la media tarde. Quedaba poco tiempo. La biblioteca estaba de paso, y siempre había alguien que tenía libros para devolver. Íbamos primero allí. La biblioteca era más importante que cualquier otra cosa. Yo jamás sacaba libros de la biblioteca. No me interesaba nada de lo que había. Es más, detestaba todos los libros de la biblioteca. En cambio Inés era mucho mejor que yo. Ella siempre encontraba algo interesante. Papi y Hebe se quedaban horas ahí dentro. Yo, al principio, los esperaba en el auto. Pensaba que entregarían los libros y punto. ¡Ilusa de mí! Miraban libro por libro. Creía que si me quedaba en el auto se apurarían. Jamás se apuraron. Cuando veía que era tardísimo y que los negocios ya estaban por cerrar, haciendo esfuerzos para contener la furia, me bajaba del auto e iba a pedirles por favor que se apuraran. Me decían que sí, que en un ratito. Que no hinchara. Que tuviera paciencia. Yo no aguantaba ni medio segundo más. Odiaba con más y más fervor esa maldita biblioteca. Era tal mi desesperación que empezaba a sentir un cosquilleo en las piernas, una molestia física incontrolable. Juraba que nunca más pisaría ese lugar. Que si había que ir primero a esa inmunda biblioteca, ya ni siquiera me interesaba la ropa. Se la podían meter en el culo.

Ese feriado, por no sé qué extraña razón, Hebe y yo íbamos juntas, las dos solas, a una de las tiendas más lindas de Nueva York. Yo parecía un monstruo. De ninguna manera le contaría a Hebe que Leo me había invitado a salir la noche anterior.

A la tarde, me encontré con Hebe en la puerta del negocio. Advirtió que yo tenía ronchas en la cara. Le dije que me había despertado así. En aquel momento estaba bastante menos hinchada, aunque seguía con alergia. Hebe me compró un pantalón.

A la noche, en el tren que tomamos para volver a casa, empezaron a salirme ronchas enormes otra vez. Me acordé de Inés. Me miré el brazo y me dieron ganas de vomitar. Las ronchas eran rojas, grandes y se reproducían con rapidez. Era una erupción imposible de detener. Me quedé como inmovilizada. Deseaba llegar a casa, meterme en la cama, no hablar con nadie.

Papi y Hebe nunca creían que estuviéramos enfermos. Había que convencerlos y aun así tampoco se preocupaban. Enfermarse no era buen negocio. Cuando me enfermaba, extrañaba terriblemente a mami y a Ester. Ellas sí que me cuidaban. Me hacían comida rica y me la traían a la cama. Llamaban al médico y se quedaban a mi lado. Me sentía cuidada, protegida. Mami tenía sus cosas pero era mi mamá. En cambio, enfermarse en lo de papi era lo peor. Me sentía más desamparada que nunca. Para que me trajeran la comida a la cama hubiera tenido que estar al borde de la muerte, y ni siquiera entonces me hubieran traído algo rico.

A mi alergia no le llevaron el apunte aunque estaba casi deforme. Cuando vieron que no me podía mover de la cama decidieron llamar al médico. Por teléfono, él recetó unas pastillas. Les dijo que tuvieran cuidado porque daban mucho sueño. Yo no llegué a darme cuenta si las pastillas tenían algún efecto antialérgico o eran un

79

palo por la cabeza para que uno se olvidara de todo. Estuve un par de días en estado de semivigilia. Cuando comenzaba a despertarme, me brotaba otra vez.

Al día siguiente fui a la clase de danza. Mientras estaba allí volvieron a salirme las ronchas. La profesora sugirió que dejara la clase. Fui a cambiarme y hablé con papá por teléfono. Le pedí que viniera a buscarme. Papi vino con Hebe. Ella me retó, decía que no había tomado todas las pastillas que correspondían. Yo pensé que debía de ser cierto, ya que estaba despierta, pero se lo negué. Le dije que había tomado todas las pastillas. Quizá le mentía. Me parecía que, efectivamente, había tomado una de menos. O quizá no. Quizá decía la verdad. Lo mismo daba. En general, mentía. No hubiera sido raro que lo hiciera esa vez también. Hebe me preguntó cuántas pastillas había tomado. Miró la tira y contó cuántas faltaban. Me dijo que le estaba mintiendo: había una más de lo que yo decía. Me gritó que si seguía así no me curaría de la alergia. Los dos estaban indignados conmigo. Me juraron que, de ahí en más, tendría que tomar todas las pastillas. Yo quería que me cuidaran. Me sentía todavía peor cuando se enojaban conmigo. Quería que me trataran especialmente bien y me trataban especialmente mal.

Nadie entendía qué me estaba sucediendo. Mi sensación era que yo ya no soportaba nada más. Hebe llegó a la conclusión de que mi alergia se debía a la presencia de Gimena en casa. Le pareció gracioso. Decía que le tenía alergia a mi abuela. Yo no lo había pensado y creí que Hebe tenía razón. Que la presencia de mi abuela me había ocasionado esa erupción en el cuerpo.

7

A los catorce años terminó mi estadía en Nueva York.
Días después de llegar a Buenos Aires, Pablo me habló
por teléfono. Atendió Luis. Pablo le preguntó si se quedaría en casa. Luis contestó que no, que saldría con Malena. Mi hermano Luis, a pesar de vivir en Nueva York,
tenía su novia en Buenos Aires. Pablo quiso hablar conmigo. Me preguntó si me quedaría en casa. Contesté
que sí. Dijo que vendría de visita. Me pareció raro, Pablo nunca venía a visitarme. Traté de disimular mi ex-
trañeza y le dije que lo esperaba. Mamá tampoco estaría en casa esa noche. Saldría con su novio que casi
todo el tiempo vivía con nosotros, pero nunca se terminaba de definir.

Me di cuenta de que a Pablo lo esperaba con ansiedad. Tuve la fantasía de que, al llegar, me diera un
beso en la boca.

Ni bien mamá y su novio salieron, llegó Pablo.
Nos saludamos como siempre, con un beso en la meji-

lla. Fuimos al cuarto de Luis. Nos pusimos a charlar. Pablo estaba raro, muy raro. Me dijo que había tomado *mandrax*. Primero había sido uno, después fueron varios. Mientras conversábamos se me acercaba. "Estás linda." Me encantó que me lo dijera. Intentó tomarme de la mano. Se lo impedí, sin convicción. Sacó un *joint* del bolsillo. "Quiero fumarlo." Dije que no. Que no lo hiciera. Que no quería que mamá sintiera el olor. Pero Pablo no me hizo caso. Quería fumarlo a toda costa. Se lo arranqué de la mano. Lo rompimos. Cayeron dos pedazos al suelo. Pablo se rió.

Pablo ya no coordinaba sus movimientos. Yo no lograba entender si Pablo se daba cuenta o no de lo que hacía. Dijo que quería darme un beso. Grité que no. Él insistió. Se acercó y yo me corrí. Tropezó con una silla y cayó al suelo. "Sos un pelotudo", dije. Se enojó. Me pidió que no volviera a decirle algo así. Estaba ofendido. Me disculpé: "Se me escapó". Sentí más miedo todavía, me di cuenta de que Pablo era consciente de lo que estaba haciendo. Me asustaba la posibilidad de que mamá llegara y lo viera en ese estado.

Pablo fue al baño. Como tardaba en volver, decidí ver qué pasaba. Lo encontré apoyado sobre el lavatorio y con los pantalones mojados. Pensé que se había hecho pis encima. Me di cuenta de que no; que intentaba tomar otro *mandrax*. Al no tener vaso, se le chorreaba el agua. Le aseguré que no tomaría otro. Intenté sacárselos de las manos. Él tiraba fuerte y yo también. Finalmente logré convencerlo y volvimos al cuarto.

Yo no sabía qué hacer. Me angustiaba verlo así. Me daba bronca que estuviera en ese estado. Pero me atraía. Como estaba tan drogado, yo dudaba de que realmente le pareciera linda. Intentaba que Pablo se quedara quieto, ya casi no podía caminar pero se tambaleaba de un lado para otro.

Llegaron Luis y Malena. Les dije que Pablo se encontraba en un estado lamentable y que había que llevarlo a la casa. Pablo quería irse solo. Se negaba a que lo acompañaran. Tratábamos de convencerlo. Lo enfurecía que no le creyéramos. Finalmente, Pablo permitió que Luis y Malena lo acompañaran.

Por un lado, sentí un gran alivio cuando Pablo se fue, pero, por otro, no hubiera querido que se lo llevaran. Esa noche Pablo era mío. Yo le gustaba y él a mí también. Yo hubiera deseado que se quedara conmigo para siempre, aunque estuviera así, aunque se tropezara con los muebles y casi no pudiera hablar.

Ya de vuelta en casa, Luis me contó cómo había sido todo. No pudieron conseguir un taxi que aceptara llevar a Pablo. No les quedó más remedio que ir caminando con él a cuestas. Malena lo abrazaba de un lado y Luis del otro.

Pablo vivía con su papá y la mujer en una casa en Palermo Chico, a unas veinte cuadras de nuestro departamento.

Luis me contó que en cada cordón de la vereda tenían que levantarlo. "Pero después vino lo más grave", dijo Luis. Él no se acordaba cuál era la casa de Pablo y Pablo tampoco. Por más que intentaron que Pablo hiciera memoria, no lo lograron. De pronto Pablo señaló una casa. "Es ésa." Fueron los tres hasta allí. Pablo entró. Luis y Malena se quedaron en la puerta. Al rato, Luis también entró. Vio a Pablo que bajaba por las escaleras y le decía que no, que ésa no era su casa. Luis no entendía nada. Estaban en casa de gente desconocida y la mucama les había abierto la puerta. La dueña de casa se lo tomó con calma y le aseguró a Luis que "ese chico está drogado". Luis agregó que Pablo no se acordaba dónde vivía. "Increíble", pensé. Comentamos la suerte que habían tenido de que la dueña de casa no llamara a la policía.

Finalmente encontraron la casa de Pablo. Lo dejaron allí. Pablo ya estaba inconsciente.

Yo no pude contar que Pablo había querido darme un beso. De todas formas, qué importancia tenía.

8

Los últimos meses de mi estadía en Nueva York habían sido desesperantes. Cumplí los catorce años en noviembre. Con la llegada de la primavera, empecé a sentirme peor que nunca. En el colegio no tenía ningún amigo, ya no sabía qué hacer de mi vida. Me sentía mal, muy mal.

A principios de junio tuve los exámenes finales. El día que volví de dar el de matemáticas, papá y Hebe estaban furiosos. Habían encontrado una cajita con marihuana en mi cuarto. Yo les dije que no podía ser cierto, y que, si estaba allí, alguien la habría puesto. Pero tenía pegada una tarjetita con mi nombre, no cabía duda de que era mía. Aunque traté de mentirles, fue imposible. Todo resultaba demasiado evidente. Delante de mí, papá abrió la cajita y tiró el contenido al inodoro. Papá y Hebe estaban muy enojados conmigo. No me importó. No me importaba nada más en la vida.

Cuando terminaron las clases me sentí más sola

que nunca. Odiaba la casa de papá, los odiaba a todos. El verano me deprimía, me angustiaba. Prefería el invierno, prefería los veinte grados bajo cero. Eso me tenía contenta: yo me iba al invierno, me iba a la Argentina.

En ese momento, la Argentina estaba en pleno Mundial de fútbol. Era 1978. Yo no entendía de qué se trataba. Papá y Hebe decían que todo era un engaño. Por las cartas que llegaban de Buenos Aires nos enterábamos de que las señoras más paquetas se arreglaban durante horas en la peluquería para luego ir a la cancha, que cada vez que ganaba Argentina iban multitudes a festejar al Obelisco. Pero que la gente con menos dinero no podía ir a la cancha. Las entradas eran carísimas. Aparentemente, la tradición porteña de que el Teatro Colón fuera el lugar más elegante de la ciudad había quedado olvidada. Lo más distinguido era ir a la cancha. Sin embargo, en la Boca, el barrio futbolero por excelencia, no pasaba nada. Allí permanecía todo en silencio. Allí no se festejaban los triunfos del Mundial.

Pasamos los últimos días en Nueva York yendo y viniendo de la oficina de migraciones a casa y de casa a la oficina de migraciones. Estaban por darnos la residencia, pero el trámite se hacía interminable. Papá se ponía muy nervioso. Decía que hasta que no nos dieran la residencia no podíamos salir de Estados Unidos. Yo temblaba al oírlo. La residencia me importaba tres carajos. Yo quería ir a Buenos Aires. Luis había ido a Buenos Aires a mediados de junio. Papá, Hebe e Inés se quedarían durante todo el verano en Nueva York. Andrés y José viajarían conmigo.

Unas horas antes de salir hacia el aeropuerto, ya no sabía qué hacer conmigo. No soportaba ni un segundo más. Se me ocurrió armar un *joint* con unas hojitas de marihuana que yo misma había plantado y puesto a secar. Para que en mi cuarto no quedara olor, fui a fumar al de huéspedes. Hebe subió a pedirme la plancha y sintió el olor. Fue rápidamente a contarle a papá. Inés me dijo que dejara de fumar, que había olor por toda la casa. Andate a la mierda, pensé.

Aparecieron papá y Hebe. Me dijeron que no fumara más. Les dije que no estaba fumando nada. Hebe me miró con odio. "Sos una mentirosa." Papá sufría. Él no me quería retar en ese momento. Hebe sí. Ella quería retarme. Siempre encontraba alguna excusa para decirme que yo era una basura. Después pensé que, en realidad, podría haber ido a fumar por la calle, dar una vuelta a la manzana. Pero ya estaba hecho, ya me habían retado.

En esos días había leído por segunda vez *El cazador oculto*. Fue una de las pocas cosas que me entusiasmaron. Solía quedarme horas tirada en la cama, abriéndome pelos florecidos. Tenía el pelo bastante largo. No me lo quería cortar. De todas formas, nadie notaba la desprolijidad de mi pelo.

Llegué a Buenos Aires una semana después del

Mundial. Parecía ser el único tema de conversación. Hacía un año que no veía a mamá y a Ester. A Luis le había dado cartas para Mara y Laura, mis dos mejores amigas. Mami y Luis fueron a buscarme al aeropuerto. Luis me contó que mamá le preguntó: "¿Es esa de pelo largo?". Me dijeron que tenían un cuarto preparado para mí. Había sido el cuarto de Ester, que ahora vivía con su marido. Luis seguía teniendo su cuarto, el de siempre. Mamá ocupaba el mío. El que fuera de ella estaba transformado en su escritorio. Allí daba las clases de inglés. Luis había pintado mi nuevo cuarto. Lo adornó con lindos posters. Me pareció un cuarto ideal para coger.

Me puse contenta reencontrarme con Ester. A mis amigas las encontré bastante mal. Laura me dijo que ya no era tan amiga de Mara. Se veían solamente en el colegio. Nunca salían juntas. Con Mara me llevé bien al principio, pero después perdí las ganas de verla.

Luis, mamá, a veces su novio y yo vivíamos juntos. Mamá estaba preocupada porque se había enterado de que Luis y yo fumábamos marihuana. Nosotros tratábamos de convencerla de que en Estados Unidos era de lo más común, que no tenía nada de qué preocuparse. Para mamá era grave. Y nos llevábamos muy mal. No hacíamos más que discutir. Yo me llevaba bien con Luis, estábamos muy juntos, unidos contra mamá. Nos parecía que era una tarada.

Malena, la novia de Luis, vivía en Buenos Aires. Él

y mamá siempre se peleaban porque Luis quería dormir en casa con su novia. Mamá no lo dejaba. El ambiente en casa era un infierno. Luis y yo no teníamos ninguna ocupación. Para nuestros amigos era época del colegio. Yo no estaba casi nunca en casa. Pasaba todas las tardes con Laura, en casa de ella.

En las vacaciones de invierno, mamá, Luis, Malena y yo nos fuimos a Punta del Este. Fue espantoso. Mamá y Luis no dejaban de pelearse. Siempre por la misma historia. Luis quería dormir con Malena en el mismo cuarto. Mamá no los dejaba. Eran insoportables. Yo no aguantaba más.

Cuando volvimos a Buenos Aires, mamá nos planteó la idea de hacer una terapia de familia. Nos reímos. No quisimos saber nada con ninguna terapia. Pero tanto jodió que aceptamos. Fuimos los tres a un psicoanalista.

Para mí era algo nuevo. No abrí la boca. No dije ni una palabra. Mamá y Luis hablaron durante toda esa primera sesión. No me interesaba pelear ni discutir. Me parecía que no valía la pena decir nada. El psicoanalista dijo: "El silencio de Luz dice mucho". Pero en casa eso nunca había interesado. A pesar de que yo no hablaba, en la terapia encontré una esperanza. Me cayó bien el analista aunque, por otra parte, lo odiaba por las cosas que me decía. A Luis y a mí nos dijo que necesitábamos analizarnos, ya sea en Buenos Aires o en Estados Unidos. A mí me aseguró que tenía posibilidades de caer en la drogadicción y de relacionarme con un psicópata.

Me asusté mucho. Empecé a dudar acerca de mi vuelta a Nueva York. A sentir que no quería vivir más en casa de papá. Descubrí, para mi propio asombro, que quería quedarme con mamá en Buenos Aires. Luis también tenía ganas de quedarse en Buenos Aires. Aunque se peleara con mamá, descubrió que con ella, él también estaba mejor. ¿Cómo decirle todo eso a papá? Era una traición. Papá me odiaría. Lo llamé por teléfono. Le conté mis dudas. Mis padres tenían un acuerdo por el cual Luis y yo podíamos elegir libremente dónde vivir. Yo, por lo tanto, era la que podía tomar la decisión. Nadie lo haría por mí. Papá me lo repitió. Odié a mis padres. ¿Cómo podían ser tan crueles? En el fondo, a ninguno de los dos les interesábamos y, sin embargo, nos tironeaban. Mamá, valiéndose de todos los futuros beneficios que, según decía, tendríamos al vivir con ella. Papá, asegurando que vivir con él era lo mejor. Ni que hablar, además, de las oportunidades que tenía en Nueva York. No iba a compararla con esta ciudad de mierda con un régimen militar que, aparentemente, sería eterno. No me importaban ni el régimen militar ni las oportunidades que podía tener en Nueva York. Sólo quería que se ocuparan de mí, donde fuera; que dejaran de tironearme. Tenía ganas de dividirme en dos, y darle una parte a mi mamá y otra a mi papá. No sabía qué hacer. Algo, en el fondo, me decía que era preferible que me quedara con mamá. Sabía que en ese caso perdería a papá definitivamente. Él no me perdonaría semejante traición. Obligarme a tener que elegir de esa manera entre mi mamá y mi papá era lo peor. En realidad, yo sabía que todo se reducía a una disputa entre ellos. Se peleaban por nosotros como si fuéramos juguetes. ¿Por qué? ¿Por qué me hacían eso? Cualquier decisión que tomara era una condena. Una horrible condena. Cualquiera fuera la parte por la que me decidiera, sabía que la otra me odiaría. Mi vida era una tortura.

Papá, prefería no venir a la Argentina, por la situación política. En el 66, en la "noche de los bastones largos", lo habían echado de Ciencias Exactas. En el 69, por plegarse a una huelga general, lo destituyeron del cargo de director del Instituto de Radioastronomía. En el 74 se presentó a concurso para enseñar física en la Facultad de Ingeniería y no lo aceptaron, argumentando que era demasiado talentoso para dictar esa cátedra. En el 75, lo había ido a buscar la "Triple A". Por todo eso, el recuerdo de la Argentina, a papá, le producía un terrible dolor. No tenía ganas de venir. Entonces vendría Hebe. Sería la representante de papá. Yo no quería que ella viniera: deseaba que me dejasen tranquila. Que no me presionaran más. Que me dejaran vivir. Que dejaran de amenazarme. Me sentía una delincuente. Nadie me entendía, nadie me llevaba el apunte. Pero cuando se trataba de que decidiera dónde vivir, no me daban tregua.

La noche anterior a la llegada de Hebe me encerré

en mi cuarto para escribir. Escribí sin parar todo lo que sentía: que odiaba a mis padres, a Hebe, al analista de familia que había hecho mal en decirme que podía caer en las drogas. No debía haberme dicho esas cosas: seguro que serían así. Cuando llegamos a Nueva York, en 1977, Hebe nos prohibió fumar marihuana. Fue lo primero que hice. Quería desaparecer del mundo. No soportaba que nadie se me acercase. Ester había sido la única que no me presionaba. Con ella, en Buenos Aires, había estado a gusto. Con Laura también, y con Luis. Pero con nadie más. Luis me protegía y yo a él. Nuestro analista nos había dicho que yo le hacía de mamá y él me hacía de papá. Toda la vida había sido de esa forma. Nos cuidábamos. Para mí, Luis era una de las personas más importantes de este mundo. Había sido la única que no me había abandonado. Nos teníamos una fidelidad total. Éramos uno. Yo le hacía caso en todo. Pero esa noche en que escribí hasta hartarme, no soportaba a nadie, ni siquiera a mi hermano.

Para escribir usé un cuadernito que Hebe me había regalado antes de que yo me fuera a Nueva York. Me dio culpa. Me dio culpa usar ese cuadernito para putearlos a todos. Me dolía la cabeza. Escribía sin parar. Cada vez me dolía más la cabeza. Hasta que no pude seguir escribiendo y me quedé dormida.

Al día siguiente, Luis fue a visitar a Hebe. Ella se hospedaba en casa de su madre. Me dijo que lo había tratado muy bien. Que estaba simpática. Que cuando él se despidió lo acompañó hasta la puerta. Me molestó el comentario de que lo hubiera acompañado hasta la puerta. Me esforcé en creer que no era nada fuera de lo común aunque a él lo hubiera impactado.

Unos días después fui yo a visitar a Hebe. No me animé a plantearle mis dudas con respecto a dónde vivir. Hebe estaba enojadísima con Violeta, su íntima amiga. Se había enterado de que Violeta había sido la primera en darle de fumar marihuana a su hijo Pablo. Cuando papá y Hebe vivían en Buenos Aires, Violeta era para Hebe la mejor amiga del mundo: divertidísima, genial, bárbara. Yo no la soportaba. Iba todos los fines de semana al campo. Llevaba a sus amigos putos que, a mí y a mis amigas, nos trataban mal. Nos mandoneaban. A cada rato, nos preguntaban si habíamos visto los fósforos. Se los llevaban. Después volvían y nos preguntaban otra vez dónde estaban los fósforos. Nos ordenaban que los buscásemos. Papá no soportaba a los amigos putos de Violeta. En cambio, a Hebe le parecían muy divertidos. Lulo Gallo era su favorito. Ahora, viéndola a Hebe tan enojada, entendía por qué los amigos putos de Violeta estaban siempre tan desesperados por los fósforos. Violeta, para Hebe, había pasado a ser una loca. Una basura. A Hebe le había dado el ataque antidrogas. Allí mismo, en lo de su madre, la escuché pelearse por teléfono con un chico que le vendía drogas a Pablo. Quería citarlo para que charlaran o alguna pelotudez por el estilo. Me asombraba que Hebe creyera que bastaba ver a su hijo unos días en Buenos Aires para arreglarle la vida. Estaba convencida de eso. Lo mandaba a un psicoanalista y le parecía que ya estaba todo arreglado. Volvía a Nueva York satisfecha. Segura de haber cumplido su función de madre.

Cada vez se me hacía más claro que no podía volver a vivir con papá y Hebe. Eso era peor que el infierno. Pronto terminarían mis vacaciones. Se acercaba mi supuesto retorno a Nueva York. Junté coraje y por teléfono le dije a Hebe que no regresaría. "¡Estás loca, totalmente loca, te volvés conmigo y no hay nada más que hablar!" Mamá se metió en la conversación para defenderme. Estábamos las tres en la línea. Mamá le decía a Hebe que yo haría lo que quisiera. Yo escuchaba todo eso y me quería morir. Las dos gritaban. Pero además, todos gritaban en todas partes y en todo momento. Daban portazos. Yo me encerraba en mi cuarto y los odiaba. Hebe exigía que yo fuera a hablar con ella personalmente. Mamá quería acompañarme. Decía que debíamos hablar las tres. Yo le rogaba que no, que por favor, no. Que sería una locura y le gritaba que no podía más.

Papá llamó por teléfono. Me dijo que Hebe le había contado mi decisión. "Tenés que volver aquí, ya está todo arreglado." Agregó que, si me quería quedar en Buenos Aires, debía volver antes a Nueva York y hablarlo con él y que, en todo caso, después regresaría.

No podía hacer eso. No tenía fuerzas para tomar un avión, hablar con papá, quedarme una semana en

Nueva York y regresar. Estaba segura de que yo, a papá, no le importaba. Su pedido no era más que una cuestión de orgullo.

Hebe volvió a la carga contándome que tenían pensado irse a vivir a Manhattan y comprar una casa para los fines de semana. Ella sabía cuánto había deseado yo todo eso, pero no les creía. Ya habíamos tenido casa de fin de semana; casa en Buenos Aires; campo en Luján; casa en Bronxville. Todo había sido igual. Por más que cambiaran las casas, ellos seguían siendo los mismos. No me subiría más a ese tren. La había pasado demasiado mal viviendo con ellos. Tenían una fachada muy canchera, muy triunfadora. Pero ya no me la vendían más.

Mamá me pedía que me quedara en Buenos Aires. Decía que me pagaría una terapia, que arreglaría mi cuarto y me cuidaría. Mamá no quería que Luis y yo volviéramos a Nueva York.

Fui a hablar con Hebe. Le dije que mi decisión estaba tomada: me quedaría con mamá. Me advirtió que papá se enojaría mucho. Le dije, repentinamente, que la quería. En realidad, yo no sabía si era cierto. No sabía qué sentía. Pero no quería que me odiaran más. No quería que me retaran más. La abracé. Me regaló un libro de poemas. Lo había escrito ella. La dedicatoria decía: "Para Luz, a tus deseos de buscar tus propias cosas, con el enorme cariño de Hebe. Buenos Aires, sept. 2 de 1978". No le creí. Supe que los perdía. Había optado por mamá. Nunca me lo perdonarían.

José y Andrés volverían a Nueva York con ella. Luis no sabía qué hacer. Él decía que Hebe había venido a arrear chicos de Buenos Aires. Que a ninguno se le ocurriera quedarse. Pero yo me quedaba. Yo era la oveja negra.

Ya estaban por empezar las clases en Nueva York. Luis tenía que decidir qué hacer. Estaba en Buenos Aires con su novia. Tenía muchas ganas de quedarse. Pero no lo hizo. No se animó a contradecir a papá. Decidió volver a Nueva York. Yo presentía que esto iba a ser así. Quedarme con mamá no sólo significaría perder a papá, sino también a Luis.

Lo llevamos a Ezeiza. Cuando mamá y yo volvimos a casa, fui a su cuarto. Lloré desconsoladamente. Sentía que me iba a morir. Sentía un profundo vacío. Con Luis se había ido una parte de mí. Me arrancaban a la única persona que me había sido fiel. Puse un disco de Spinetta, una canción que decía: "Cuida bien al niño, cuida bien su mente. Cuídalo de drogas, nunca lo reprimas". Luis ignoraba cuándo iba a poder volver. Tendría que ahorrar plata. Antes de que se fuera, yo había puesto en su valija una nota y un chanchito de cerámica que guardaba desde hacía mucho tiempo. Ese día me pareció que perdía el alma. Ya no tenía más papá. Ya no tenía más hermano. Probablemente, nunca más viviéramos en el mismo país.

9

Un mediodía me encontré con Mara en el colectivo. Hacía unos meses que no nos veíamos. En aquel momento, yo iba a almorzar a la casa de mi abuela. Al principio nos miramos con cierto recelo, pero en seguida surgió el cariño que siempre nos habíamos tenido. Arreglamos que ni bien yo terminara de almorzar, iría a su casa.

Le conté a Mara que estaba saliendo con Raúl. Ella salía con un chico a quien yo no conocía. Teníamos quince años. Había un solo tema que nos interesaba: quién había cogido y quién no. Yo sí, yo ya había cogido.

El sábado Mara vino a casa. Anunció que se quedaría a dormir. A la noche, el programa era ir a la casa de Laura. Nosotras fuimos temprano. Luego llegaron Pablo y su novia. Pablo se había hecho íntimo amigo de Raúl. Mara y yo estábamos en tercer año del secundario. Raúl, en cuarto, y Pablo, en primero de la facultad de derecho. Pero el estudio no nos interesaba en lo más mínimo.

A Mara siempre le había gustado Pablo. A mí también. Me encantaba que Pablo y Raúl fueran amigos. De esa forma lo tenía cerca a Pablo. Pero a la vez lo odiaba: me sacaba a Raúl. Ellos se adoraban. Pablo pasaba todas las tardes en casa de Raúl. Yo estaba convencida de que Raúl lo quería más a él que a mí.

Como de costumbre, a cierta hora de la noche, Pablo y Raúl tenían que hacer una transa. Nos la pasábamos fumando marihuana. A veces, también tomábamos cocaína. Yo no había probado ninguna otra droga. Ellos sí, ellos se habían inyectado de todo. Especialmente Raúl. El año anterior no había hecho más que inyectarse. En octubre cayó en cana con un grupo de amigos. Estuvo preso durante veinte días. Al salir, decidió dejar de inyectarse.

Yo no llegaba a darme cuenta si a Raúl lo quería o no. En ciertos momentos no podía soportarlo; sus historias de la cana y las drogas me saturaban. Esa noche habían arreglado para comprar sales de anfetamina.

Los padres de Laura habían salido. Llegó un montón de gente. Fumábamos y todo nos parecía gracioso. El hermano de Laura trataba de imponer orden: no quería que entrara nadie más a la casa. "¡Si siguen gritando, los vecinos van a llamar a la policía!" Como nadie le llevaba el apunte, decidió que nos fuéramos todos, sin excepción. Ninguno pareció escucharlo. Apareció con un rifle y nos apuntó. Tenía los ojos desorbitados. Aun así, seguimos fumando y riéndonos. "¡Hijos de puta! ¡O se van o los cago a balazos!" Alguien apagó la música y me encontré en medio de la avalancha que corría hacia la puerta. El hermano de Laura seguía gritando como un desaforado y lo oíamos desde la calle.

Caímos en mi departamento un grupo de chicas y el novio de Mara. Estábamos esperando que Pablo y Raúl volvieran de hacer la transa.

Escuchamos el timbre de la puerta de servicio. Fui a ver quién era. A través de los vidrios, aunque estaba oscuro, pude ver que se trataba de un policía. Corrí al living y grité: "¡Chicos, la cana!". Sandra y Mara tomaron sus carteras y fueron hasta la puerta principal. No salieron: les pareció que resultaría sospechoso, aunque en realidad no estábamos haciendo nada malo. Mientras tanto, otra de las chicas se asomó a la puerta y gritó que no era un cana sino Pablo. Yo sabía que no había tenido visiones. Difícilmente podría haber confundido a Pablo con un cana. De todas formas, como no tenía la llave de la puerta de servicio, fuera quien fuera debía pedirle que entrara por la puerta principal. Al asomarme, lo confirmé: parado allí había un policía.

Eran cerca de las tres de la mañana. Mamá no estaba en casa. Entró el policía. Nos paramos a su alrededor. Mudos. Preguntó quién era la dueña de casa. Contesté que era yo. Quiso saber quién era la novia de uno de los chicos que estaba abajo. Otra vez dije que era yo.

101

Nos formuló algunas preguntas sobre nuestras ocupaciones y no mucho más. Después, tal como había llegado, se fue.

Cuando llegaron Pablo y Raúl nos contaron que los había parado un patrullero. Estaban en la esquina de la casa de Laura. Aunque tenían los documentos en regla, les preguntaron a dónde iban y quisieron acompañarlos.

Al rato se fueron todos, salvo Mara. Pensé que era raro que mamá todavía no hubiese llegado. Raúl estaba con Pablo en su casa. Llamó desde allí para invitarnos a Mara y a mí. Aceptamos. Mientras charlaba con Mara me puse el diafragma. Le dije que no sabía si cogeríamos, pero, por las dudas, lo llevaría puesto. Tener relaciones sexuales con Raúl no me producía ningún placer. Es más, sufría bastante. Ni Raúl ni yo entendíamos qué nos pasaba y menos aún, lo que le pasaba al otro. Yo ni siquiera había tenido un orgasmo. Me preguntaba por qué los demás verían a eso de hacer el amor como algo tan fantástico. Raúl tampoco entendía nada. Para él, coger era lo mismo que masturbarse.

Los cuatro estuvimos juntos en el cuarto de Raúl hasta la madrugada. Raúl y yo, en la cama. Pablo y Mara, tirados sobre los almohadones del suelo. Pablo y Mara se pusieron de novios.

10

Faltaban pocos días para Navidad. Mara y yo habíamos terminado tercer año del secundario. Raúl había terminado cuarto pero tenía que rendir casi todas las materias. Pablo había dejado la facultad y llevaba ocho meses de vacaciones; en marzo, empezaría el servicio militar.

Como yo me había eximido en todas las materias, durante el mes de diciembre me aburría muchísimo. A fines de noviembre terminaban las clases y no tenía nada que hacer hasta marzo. Para Raúl, en cambio, diciembre y febrero eran los meses de mayor actividad. Se dedicaba a preparar exámenes. Lo hacía con gusto. Pero a fines de diciembre Raúl dejaba de estudiar hasta febrero. Nos enfrentábamos a las vacaciones.

Hacía unos meses que Pablo, Raúl, Mara y yo estábamos juntos todo el día. Siempre los cuatro. La casa de Raúl era ideal para reunirnos. Como era tan grande, los padres ni siquiera nos veían. Jamás nos preguntaban qué estábamos haciendo. Tampoco oían los discos que poníamos. Raúl ocupaba el entrepiso. Nos tirábamos sobre la cama de Raúl a fumar marihuana. Nos pasábamos la vida en ese cuarto, con la música a todo volumen o el televisor encendido. Entre la marihuana, los cigarrillos, el incienso y alguna otra cosa para que se fuera el olor a marihuana, casi no se podía respirar. El cuarto tenía una sola ventana. En general, estaba cerrada. Preferíamos que no hubiera demasiada luz. Aunque la casa de Raúl era casi una mansión, su cuarto parecía la cucha del perro. En realidad, lo era: el perro estaba siempre allí. Al cuarto de Raúl lo habíamos bautizado doblemente "La guarida" o "El cuartucho".

Mara me llamaba por teléfono ni bien llegaba del colegio. Decía que prefería llamarme a mí antes que a Pablo. Pablo y Raúl, por su lado, también se hablaban por teléfono. Ni bien Raúl llegaba del colegio, Pablo iba a su casa. Después nos llamaban por teléfono a nosotras.

A mediados de diciembre, Pablo se fue a Nueva York. Su ausencia me asustó. Él, en cierta forma, me protegía. Hacía alianza conmigo y calmaba a Mara. Se interponía entre Mara y yo. Sin Pablo en el medio, corríamos peligro. Raúl se había quedado con Mara y conmigo. Yo estaba segura de que mientras Pablo no estuviera, pasaría algo entre Mara y Raúl. Aunque por un lado me enfurecía ver cómo Mara seducía a Raúl, por otro lo deseaba. Deseaba que pasara algo entre ellos.

Yo le decía a Raúl que Mara era linda. Él opinaba lo mismo. Pero yo tenía la certeza de que Pablo le gustaba más que Mara.

Mara no cesaba de llamarme por teléfono. Yo me sentía importante. Sin embargo, a veces no la soportaba y hubiera querido sacarla del medio. Pero no. Estar a solas con Raúl me daba miedo. Mara, Raúl y yo formábamos un trío inseparable. Juntos hasta la muerte.

Una vez tuve que dejarlos solos. Hubiera preferido no hacerlo. Sabía perfectamente qué pasaría entre Mara y él. Volví a casa de Raúl y les pregunté qué habían hecho. Mara supo a qué me refería y me miró de reojo. "¿Qué hicimos? Raúl me mostró su ropa nueva." Los odié. No debí dejarlos solos. Pero la situación no estaba en mis manos. Nada que yo hiciera podría cambiarla.

Gerardo, un conocido nuestro, estaba por ir a comprar drogas a Paraguay. Se nos ocurrió hacerle un encargo: doscientos gramos de marihuana. Pensábamos dejarlos en Buenos Aires durante el verano, listos para cuando volviéramos de vacaciones.

El veintitrés de diciembre mamá y yo iríamos a Punta del Este y Raúl, al día siguiente. Mara viajaría a Estados Unidos por un mes con sus padres y sus dos hermanas: unos días de esquí en Colorado y el resto del tiempo en Nueva York. Mi plan era quedarme en Punta del Este hasta la primera semana de enero, volver a Buenos Aires y luego ir sola a Europa el resto de enero. En principio me encontraría con mi hermano

Luis en Roma. En febrero iría a Nueva York, donde nos reuniríamos Mara, Pablo y yo.

Raúl quiso ir a Nueva York. Yo le había preguntado a papá si podíamos ir los dos a su casa. Contestó que no. Que de ninguna manera. Me enojé muchísimo con papá, aunque, en cierta forma, me resultó un alivio. Estaba harta de pasarme todo el día con Raúl. Además, me resultaba inconcebible tener relaciones sexuales en casa de papá. En Nueva York estaban papi y Luis. ¿Para qué Raúl? También estaba Pablo, y yo lo quería para mí sola. Mara no era un obstáculo. Compartirlo con ella no me causaba ningún problema. Raúl, en cambio, era mi rival. Él tenía cualidades inalcanzables para mí.

El día anterior a Navidad, Gerardo tenía que volver de Paraguay. Yo nunca estaba pendiente de las transas. Tampoco me ocupaba de hacerlas ni ponía plata. Mara sí. Ella andaba al tanto de todo. Raúl vivía prendido del teléfono para saber si Gerardo había vuelto. Le decían que estaba por llegar. Que si no era ese día sería el siguiente. Yo me fui a Punta del Este y aún no se sabía nada de Gerardo.

La primera noche en Punta del Este, me encontré con un montón de gente conocida. Fuimos a bailar. Estuve bailando con un chico que me gustó. Pero en mi vida, el único hombre posible era Raúl. Solamente había tenido relaciones con él. Aunque Raúl me causaba rechazo, no concebía la idea de estar de novia con otro.

Antes de que empezáramos a salir, Raúl había tenido experiencias homosexuales. Tratábamos, por un lado, de no hablar de eso. Sabíamos que para Raúl era doloroso y que, de rebote, lo era para mí también. Pero por otro lado, la curiosidad me impulsaba a preguntar, a querer conocer detalles morbosos. Sí, yo quería enterarme de los detalles. Me daba un cierto placer. Después le decía que era un puto de mierda. Se lo refregaba en la cara. Lo hacía sentir mal. Lo hacía sentirse una basura. Lo perseguía con que no era nada hombre. Pero, a la vez, me gustaba que fuera así. Me parecía imposible estar con un hombre que solamente quisiera coger con mujeres. Raúl quería todo. Aunque en ese momento no lo hiciera, lo había hecho. Y le pesaba. Le dolía. No podía perdonárselo. Mara también quería saber detalles acerca de las relaciones homosexuales de Raúl. Le preguntaba incansablemente hasta que lo convencía. Él le contaba y Mara se sentía satisfecha. Después ella me contaba a mí. Juntas, nos regodeábamos en lo que Raúl había hecho. Decíamos que Pablo, en el fondo, también debía de ser homosexual.

Llegó Raúl a Punta del Este. Le comenté que la noche anterior había ido a bailar con un grupo de gente conocida. No le importó. Los dos sabíamos que le era fiel. Raúl me contó que Gerardo recién había llegado cuando él se estaba por ir de Buenos Aires. Que la noche de Navidad la había festejado con su familia y Mara, con la suya en la quinta. Raúl arregló con Mara para que fuera a buscar el fumo a lo de Gerardo y lo dejara en su propia casa. El chofer de los viejos iría a buscarlo allí y, apenas tuviera con quién enviarlo, lo mandaría a Punta del Este.

11

Un día después de la llegada de Raúl fuimos juntos a la playa. Me encontré allí con el chico con el que había bailado la noche anterior. Lo vi asombrarse ante ese gordito que era mi novio. Apenas nos saludamos.

Yo me quedaría unos días en el departamento de mamá y después me mudaría a la casa de Raúl. Los Pérsico tenían una mansión con montones de mucamas. Ellas se referían a Raúl y a mí como "el señorito" y "la señorita".

El día en que Raúl daba su último examen de diciembre fui a buscarlo a la salida del colegio. Me encontré con un ex suyo, un tal Gerónimo. Raúl me había hablado bastante de él. El año anterior los habían llevado presos mientras compraban psicofármacos juntos con recetas falsificadas. Habían pasado por Tribunales. Raúl todavía estaba bajo libertad condicional y no le daban el pasaporte. Al ver a Gerónimo, aunque nadie me lo presentó, supe de quién se trataba. Me impresionó. También sentí cierta complicidad con él y hasta diría que me pareció buen mozo. En ese momento el pasado de Raúl no me molestó.

Sin embargo, casi siempre encontraba una excusa para agredir a Raúl. Lo hacía sentirse infrahumano. Después me arrepentía muchísimo. Trataba de calmarlo. Pero era difícil, ya lo había herido. Sabía muy bien cuáles eran sus puntos débiles y lo provocaba. Yo estaba siempre buscando que se enojara conmigo. No cesaba de agredirlo hasta que lo conseguía. Porque, en realidad, yo no quería estar con él. Pero me resultaba imposible dejarlo. Yo, a Raúl, lo odiaba pero no podía dejar de estar con él. Y me odiaba: en el fondo sabía que se trataba de una adicción, nefasta como cualquier otra. Yo podría dejar de fumar marihuana si lo deseaba. Raúl lo haría por mí. Él era homosexual. Él era todo lo malo. En cambio yo era buena. Me iba bien en el colegio. No me llevaba materias. No me llevaban en cana. No me inyectaba. ¿Qué más se podía pedir? Era un ejemplo de la buena conducta. Aunque yo fumaba marihuana todos los días, nadie lo notaba. Lo mío era algo muy discreto. En cambio, a Raúl se le notaba todo y si algo pasaba inadvertido, se ocupaba de contarlo.

La noche de Año Nuevo fui a cenar con mamá a la casa de unos amigos. Raúl cenó con su familia. Las fiestas me entristecían. Extrañaba mucho a papá, Hebe y sus hijos. Ellos festejaban en Nueva York. Las noches de Navidad y Año Nuevo me sentía más huérfana que nunca. Se me partía el alma. Odiaba a toda mi familia: a los que estaban conmigo, a los que se habían ido y a los que se habían muerto. Envidiaba a Raúl. Lo envidiaba terriblemente. Me daban ganas de matar a toda su familia. Sus padres vivían juntos. Tenía abuelos, tíos y primos. Tenía todo lo que yo había perdido, todo lo que yo jamás volvería a tener.

Desde los catorce años, cuando opté por quedarme a vivir en Buenos Aires, supe que las Navidades serían peores que un velorio. Esa fecha me enfurecía, igual que la del Día del Padre; las padecía. Sufría como loca pero no se lo contaba a nadie. En esas ocasiones quería sentirme sola. Quería pasarla mal. Quería estar angustiada. De ninguna manera cambiaría esa modalidad. El sufrimiento era mío. Me aferraba a él lo más fuertemente que podía.

Después de las doce de la noche me encontré con Raúl en el centro. Sentía más odio que nunca. Fuimos a bailar con un grupo de gente. Mientras estábamos en la boîte empecé a hablarle a Raúl de Gerónimo. Quise saber detalles de las relaciones sexuales entre ellos. Aunque era consciente de que estaba haciendo una maldad, algo me impulsaba a preguntarle. Le pregunté si le había chupado el pito a Gerónimo. No quiso contestarme. Pensé que hacía bien. Que no tenía que contestarme. Yo no le tenía que preguntar eso. No era cosa mía. Pero le insistía. "Si no me contestás sos un pelotudo. Yo ya sé que cogieron. ¿Qué importa que sepa los detalles?"

Contestó que sí. Lo odié más que nunca. Me pareció que era una basura. ¿Por qué me contestaba? ¿Por qué me dejaba que le arruinara la noche de Año Nuevo de esa manera? Hubiera tenido que mandarme a la mierda. Sin embargo, había respondido. Era un imbécil. Una vez más se había dejado manipular. Había dejado que le metiera la mano en el culo. Al verlo sufrir por lo que le había hecho recordar, me daba cuenta de que lo controlaba, y de que él nunca iba a dejarme. Me tranquilizaba. Yo sabía que sin él no podía estar.

Mi vida giraba en torno a Raúl. No podía concentrarme en nada más. Vivía pendiente de que Raúl me llamara por teléfono. No me relacionaba con ninguna otra persona, salvo con mis dos amigas de toda la vida: Mara y Laura. Tampoco me interesaba el colegio, aunque me fuera bien, ni ninguna otra actividad.

El primero de enero mamá volvió a Buenos Aires y yo me mudé a la casa de Raúl. Los padres de Raúl no nos dejaban dormir en el mismo cuarto. Yo me reía por dentro al recordar que el año anterior Raúl había invitado a Gerónimo y dormían juntos. La madre de Raúl me odiaba. Moría de celos. Yo era la primera novia de Raúl. Ella no lo soportaba. No aguantaba que yo tuviera treinta años menos que ella y fuera mucho más flaca. Yo tampoco la aguantaba. Sabía que Raúl, en realidad, estaba enamorado de ella.

Los últimos días que pasamos en Punta del Este fueron bastante llevaderos. Raúl y yo nos despedimos en la terminal de ómnibus. Estábamos tristes. Raúl esperó al lado del ómnibus hasta que se fuera. Luego me contó que al llegar a su casa, se largó a llorar.

Antes de partir a Europa, le hablé a Raúl por teléfono. Me dijo que me extrañaba mucho. Sentí pena por él. Yo me iba de viaje y él se tenía que quedar todo el verano solo en Punta del Este.

Primero me encontraría con Luis en Roma. El resto del viaje estaba sin planear. En algún momento visitaría a mis tíos Elena y Guille en Suiza. Unos días antes de salir, me llamó Luis por teléfono. Me dijo que estaba en el sur de Italia y que, en el caso de que no pudiera llegar a Roma antes que yo, lo llamara por teléfono a una casa donde se hospedaba. Anoté el teléfono y no pensé nada al respecto hasta que tuve a mi lado una pareja de italianos en el avión. No entendí ni una palabra de lo que dijeron. Sentí pánico ante la posibilidad de que Luis no estuviera en el aeropuerto. ¿Sola en un país desconocido sin saber el idioma? No respiré tranquila hasta que vi a Luis al salir de la aduana.

Nos hospedamos en el departamento de un conocido de Luis. Era un pequeño ambiente con una cama matrimonial. Hacía un frío bárbaro. El baño no tenía ducha.

Luis llevaba varios meses en Italia. Tenía una novia italiana. Hablaba perfectamente su idioma. Yo me desentendí de todo y aun de mí misma y dejé que Luis hiciera y deshiciera. A Luis le quedaba poca plata, y yo

113

con él solamente compartía los gastos comunes. Para ahorrar, comprábamos queso, jamón y pan que poníamos a tostar sobre la estufa eléctrica. Cuando yo no hacía las cosas de la manera que a Luis le gustaba, me decía que era una caprichosa y que no sabía viajar.

Durante varios días me interné en los negocios. Comprar ropa me calmaba. Sin embargo, Luis no entendía. Me arrastró al Vaticano y a cuanta catedral hubiera. También me llevó a las ruinas; según él, eran importantes, pero a mí no me parecieron más que un terreno baldío. No dejábamos de caminar en todo el día. Salíamos aunque lloviera. Luis quería que yo conociese todos los rincones de Roma en una semana.

Una mañana nos sorprendió una lluvia torrencial. Mis zapatos se empaparon. A la noche volaba de fiebre. Le rogué a Luis un día de descanso. Luis no entendía, insistía en que viéramos Roma. Yo quería ir a algún lugar con ducha y con buena calefacción. Quería que me cuidaran. Hacer turismo no me atraía en absoluto. Luis no me oyó. Tenía un plan y me lo expuso: ir un día a Florencia, a la noche tomar un tren a París, pasear por París un día y a la noche tomar otro tren a Suiza. "Estás chiflado, ni pienso hacer eso." Necesitaba quedarme por lo menos una noche en un lugar donde hubiera bañadera. Concertamos pasar unos días en Florencia. Durante el viaje de Roma a Florencia sólo sentí mi cansancio y mi fiebre.

Al llegar nos hospedamos en un excelente hotel

antiguo de Florencia. Me parecía raro haber viajado con mi hermano y dormido con él en la misma cama. Un día le pregunté algo acerca de mis piernas. Contestó que no me miraba las piernas porque era su hermana.

Ni bien nos instalamos en el cuarto del hotel me di un baño de inmersión. Lo disfruté como pocas veces en mi vida. Tomé unos antigripales y me metí en la cama. A la noche le hablamos por teléfono a papá. Le preguntamos si nos podía mandar plata para quedarnos en ese hotel y para tomarnos un avión a Ginebra. Le explicamos que yo estaba enferma y no podía viajar en tren. Papá contestó que sí, que no había problema. En realidad, yo tenía plata. Me la había dado mamá. Pero sólo una parte era para mí, la otra era para que le comprara ropa a ella. No quise decirle a papá. Tenía miedo de que si lo hacía, no me diera ni un centavo.

A la mañana siguiente Luis salió temprano a pasear. Yo me quedé en cama. No quería ver más palacios ni catedrales ni nada de eso. Le dije que me sentía mal. Temí que se ofendiera si le decía que no. Pero, a la vez, sentía la obligación de salir con él. Luis se fue y yo salí a comprar ropa. No quería comprarle nada a mamá. Por otro lado, tenía miedo de gastarme su plata. Me daba bronca que mamá me hiciera montones de encargos en los viajes. Siempre, de una manera o de otra, lograba molestarme. Pero para mí, comprarle ropa era la forma de saldar mis culpas por ir a ver a papá. Esta vez, la culpa era mayor: también visitaría a mi tía Elena. Mami y ella no se habían vuelto a hablar luego de la pelea por la herencia, cuatro años atrás.

Desde Italia no nos habíamos podido comunicar por teléfono con mi tía Elena. Luis tenía el número equivocado. Mis tíos ni se imaginaban que nosotros estábamos por ir a visitarlos. Recién al llegar a Zurich pudimos conseguir una guía con el teléfono de la familia Estévez.

El tío Guille vino a buscarnos al aeropuerto. ¡Qué alegría verlo! ¡Qué emoción al encontrarme con Elena! Era maravilloso llegar a la casa de gente tan querida. No podía creerlo. Elena advirtió que yo estaba muy resfriada. Me dijo que durante mi estadía en Suiza procuraría curarme. Nos preparó algo de comer. Yo estaba feliz.

Luis insistió en que saliéramos a pasear por la ciudad. Yo le dije que Zurich no me interesaba. Luis se enojó. "¡Cómo puede ser que no te interese ninguna ciudad!" Yo no supe qué contestarle. Le dije solamente que había venido a Zurich para visitar a mis tíos. Luis no lo aceptaba. Finalmente salimos a pasear por Zurich. Fuimos a buscar a Elena a la universidad. Cuando él la vio se le iluminó la cara. "Mirala a Elena, parece de la misma edad que sus compañeros."

Mi primito me cayó muy simpático. Tenía cuatro años. Iba a un jardín de infantes de doble escolaridad. Estaba obsesionado con las tetas. Siempre me preguntaba: "¿Puedo tocar tus tetas?". Yo me reía y me sentía avergonzada.

En la casa de Elena y Guille me sentí protegida. Todo me resultaba cómodo. A veces iba sola a Ginebra. Paseaba sin que nadie me dijera adónde debía ir. Raúl, Mara y Pablo habían quedado en el olvido. En Suiza yo estaba muy bien y no los necesitaba. Raúl me escribió una carta. Me alegré al recibirla. Sabía que al volver a Buenos Aires lo necesitaría.

A Elena no le parecía un pecado comprarse ropa. Es más, ella me acompañaba a los negocios y me aconsejaba. Yo me sentía linda.

Elena y yo fuimos una semana a París. Después que Luis volvió a Nueva York, Elena me propuso con gran entusiasmo que fuéramos juntas a París. Yo me fasciné y ella creyó que lo que me enloquecía era conocer lugares. Mi alegría era estar con Elena, solas las dos, poco me importaba dónde. Por primera vez en un viaje no tuve la obligación de ir a los museos. París, no sé si porque estaba con Elena, me empezó a gustar. Cada tanto recordaba que en poco tiempo tendría que volver a Nueva York. La casa de papá me angustiaba. Ir otra vez allí me parecía una pesadilla. En Europa estaba muy bien. No quería volver a Nueva York. Nuevamente tendría que esconderme. A papá no le podría mostrar la ropa que me había comprado.

Charlaba con Elena acerca de mi relación con papá y mi odio hacia Hebe. Elena era muy comprensiva.

Ella y papá se habían llevado muy bien mientras mamá y papá estuvieron casados. Después, aunque se veían poco, siguieron teniéndose mucho cariño. Papá los había ayudado, a ella y a Guille, a conectarse con gente en Suiza. Elena sabía que Hebe nos trataba muy mal y le daba pena por nosotros.

Llena de rabia, tomé un avión de Zurich a Nueva York. Papá y Luis fueron a buscarme al aeropuerto. Ni bien subí al auto juré que me vengaría de papá por no haberme dejado invitar a Raúl a su casa. Yo no tenía tanta bronca por eso, pero era una buena excusa para vengarme por tantas otras cosas que tenía atragantadas.

Ni bien llegamos, Luis me comentó que la casa de papá estaba muy venida a menos. Apareció Pablo, nos abrazamos. Estábamos contentos de vernos. "Tengo algo para contarte", me dijo. El 24 de diciembre, Mara y Raúl nos habían metido los cuernos. Aunque me hice la indignada, no me pareció nada grave. Pablo estaba mucho más enojado que yo. Lo primero que se nos ocurrió fue hacerles lo mismo. Pero no pudimos. Menos aún, en ese momento: estábamos viviendo en la misma casa. Corrimos a llamar a Raúl. Estaba en Punta del Este. Yo quería putearlo. Aunque mucha más bronca me daba Mara. Yo sabía que era Mara quien lo había provocado.

Papá se enojó muchísimo conmigo por lo del llamado a Punta del Este. Entró en mi cuarto gritando, fuera de sí. Decía que el llamado iba a costar carísimo y que, además, yo lo había hecho sin su autorización.

Pablo y yo fuimos a visitar a Mara. Se hospedaba en un hotel de Manhattan con su familia. Me alegré al verla. "Estás reflaca", comentó ella. Sus padres me dijeron que estaba muy linda. A solas con Mara, le dije que me había enterado de lo de ella y Raúl. "Sos una pelotuda, un sorete, lo único que querés hacer en tu vida es joder a los demás." Ella me pedía disculpas mientras yo le hablaba. Me rogaba que la perdonara. Juraba que nunca más volvería a hacer una cosa así. La seguí insultando. "Me voy", dije. Mara rompió a llorar. Me dieron más ganas de insultarla. Ella gritaba que yo tenía razón, que se había portado pésimo y que estaba arrepentida. Pero yo no le creía. Sabía que en cualquier momento volvería a hacerlo. Fui hasta la puerta. Pablo dijo que si yo me iba, él también se iría. Me miró con complicidad. Propuso otra vez que él y yo hiciéramos lo mismo. Me asusté. Preferí quedarme con Mara. Ella me abrazó y siguió llorando.

Pablo y Mara me contaron que estaban fumando poquísimo. Yo les conté que en Europa no había fumado nada. Se nos ocurrió ir a comprar fumo. Pablo opinaba que el fumo que vendían en la plaza era muy malo. Les sugerí que fuéramos a mi ex colegio. Tenía la certeza de que allí encontraríamos a alguien que nos pudiera vender unos *joints*. Andrés y José seguían yendo a ese colegio y, ese día, nos cruzamos con Andrés.

Esa noche decidí pedirle a papá aumento de "sueldo". Desde que yo había resuelto quedarme a vivir en Buenos Aires, papá me mandaba una suma de dinero irrisoria. No me alcanzaba ni para los colectivos del mes. Pero si quería viajar, siempre que pasara por Nueva York, papá me regalaba pasajes a cualquier parte del mundo. Cada vez que visitaba a papá, mamá me encomendaba que le pidiera un aumento de la cuota mensual. Tenía que luchar hasta que lo lograba. Sumándoles este asunto, las visitas a papá me resultaban desgastantes. Comenzaba por decirle que la cuota mensual no era suficiente. Él me pedía una lista de gastos. "Estás loca, no puede ser que se te vaya tanta plata." Yo me enfurecía. Recordaba que papá mantenía a los hijos de Hebe. ¿Qué era eso? ¿Por qué tenía que compartir a mi papá con ellos? Para colmo, ellos tenían a su papá.

Mis reclamos eran interminables. Yo me sentía pésimo. Era horrible tener que rogarle a papá lo que me correspondía. Una vez más sentía la misma bronca que el primer domingo que salimos con Hebe y sus hijos. A partir de ese día supe que las cosas habían cambiado. Que papá ya no era el mismo. Que su cariño lo tendría que compartir con una multitud de chupasangres. Papá se casó con Hebe cuando yo tenía ocho años. Tuve el presentimiento de que lo perdía para siempre. Cada vez que le rogaba un aumento sentía que yo no era su hija, que había pasado a ser "la intrusa", la que se metía en la casa de una familia constituida. Yo no formaba parte de la familia de mi papá. Luis tampoco. Papá nunca nos había defendido. Yo trataba de darle a papá argumentos convincentes para el aumento. Pero me daba pánico hablarle de plata. Papá odiaba que le hablara de plata, y yo también.

Cuando estábamos llegando a un acuerdo respecto de la cuota mensual, papá fue a su cuarto porque Hebe lo llamaba. Volvió enfurecido. Me pidió que fuéramos a su cuarto. Ahí estaba Hebe. Papá y Hebe nos acusaron a Pablo y a mí de haber ido a comprar marihuana al colegio. Inés, que se había enterado por Andrés, les había contado. Empezaron los gritos y las recriminaciones: "¡Son unos pendejos de mierda, unos tarados, siempre los mismos tarados! ¡Y vos, Luz, querés que te dé más plata! ¡Lo que te voy a dar son más patadas!". Yo no sentía miedo sino indignación. No sabía qué decir. De nuevo volvía a ser la última basura. Quería irme de la casa de papá lo antes posible; no volver nunca más. "¡Es una chismosa de mierda! ¡Siempre la misma chupamedias! ¡Para colmo, ella también fumaba! ¡Su novio solía pedirle marihuana a Pablo!"

No había pasado una semana desde que estaba en Nueva York y ya quería volver a Buenos Aires. No había peor tortura que estar en casa de papá. Quería adelantar mi partida. A papá, a pesar de todo, le daba pena. Le dolía, era evidente, que quisiera irme tan pronto. Y eso me entristecía más aún. Con todos nuestros problemas, yo a papá lo adoraba. Pero sentía demasiado rencor y no podía confesárselo.

Lo único que me gustaba de las estadías en Nueva York eran los almuerzos con papá. Papá era profesor full-time de la Universidad de Nueva York. Daba clases y era subdirector del Departamento de Investigaciones Económicas. El director, me dijo, era Premio Nobel de Economía. Todos los mediodías yo pasaba a buscar a papá por la universidad. Íbamos a almorzar los dos solos al Village. A veces papá estaba ocupado y yo debía esperarlo en su oficina. No me importaba. Yo allí me sentía bien. Sus compañeros de trabajo y su secretaria eran muy buenos conmigo. Para ellos, yo sí era la hija de mi papá.

El equipo económico estaba investigando el impacto producido en la economía norteamericana por el hecho de que no se aumentara la producción anual de armas. Papá me explicaba que el problema ya no era investigar qué pasaría si disminuía la producción de armas sino si se la mantenía en los niveles alcanzados. Como la mayoría de los trabajos de papá, éste también me resultaba bastante incomprensible. Pero papá parecía muy entusiasmado.

"¿Por qué das clases de economía si sos astrónomo? ¿Cómo te dejan dar clases de economía si no tenés título de economista?", pregunté.

"En economía me formé más bien solo, pero la base para poder entender cualquier tema me la dio la carrera de Física."

Papá siempre me dejaba elegir el restaurante.

Cuando estábamos los dos solos, papá se comportaba de otra manera. Me concedía cosas que la mera presencia de Hebe hubiera impedido. A veces me pedía que no le contara a nadie a qué restaurante habíamos ido a almorzar. Me sentía su cómplice. Charlando con él, me daba cuenta de que estaba muy solo.

Hebe estudiaba pintura en el New York Studio of Art. También quedaba en el Village. Papá la dejaba allí todas las mañanas y la pasaba a buscar a la salida del trabajo. Hebe no dejaba que ninguno de nosotros fuéramos a su escuela. A Pablo nunca lo invitaba a almorzar. Mara opinaba que Hebe era muy mala con Pablo y que se comportaba como una hija más de papá. A la tarde, papá y yo pasábamos a buscarla por el Art Studio. Al subir al auto me miraba con cara de asco. Empezaba a hablar de ella y no paraba hasta que llegábamos a Bronxville.

Pablo y yo a veces nos quedábamos a cenar con Mara en el hotel. Yo esperaba en el living hasta que terminaran de coger. Luego volvíamos a casa en tren. Por más que Pablo y Mara estaban de novios, la que se iba de regreso con él todas las noches era yo. Al llegar a casa mirábamos televisión en el sótano. O escuchábamos música en el living. Siempre nos quedábamos juntos hasta las dos o tres de la mañana.

Una noche, sentí un fuerte dolor en la espalda. Pablo me contó que era muy buen masajista. Estábamos solos en el living. Acepté su propuesta de los masajes.

Tuve miedo, mucho miedo. Me recosté sobre el piso y Pablo me masajeó la espalda durante largo rato. Yo estaba segura de que me iba a dar un beso. Pero no. No se atrevió. Nos miramos sin saber qué decir.

Mara y yo salíamos a pasear solas. Yo la acompañaba a comprarse ropa. Después nos instalábamos durante varias horas en un café. No parábamos de charlar. A Pablo no le gustaba ir a conversar a los bares.

Cierta noche, salimos Pablo y yo con la familia de Mara. Fuimos a ver un musical de Broadway. Papá nunca nos llevaba a ver esos espectáculos. Desde chica siempre me había gustado más estar con la familia de Mara que con la mía. No me sentía presionada. A los padres de Mara los sentía más afines conmigo que a papi y Hebe.

Los tíos de Mara vivían en Bronxville. Los últimos días de su estadía en Nueva York, Mara y sus padres los pasaron allí. Mara me contó que una de sus hermanas tenía un romance con su primo. No me sorprendió. Me dio envidia: ella se animaba con su primo; en cambio, yo no me animaba con Pablo, y ni siquiera teníamos parentesco sanguíneo.

Mara, Pablo, Sofía (la mamá de Mara) y yo fuimos una noche al teatro en el Village. Pablo y yo habíamos visto la obra. Nos había llevado Hebe. Era una pieza feminista. A Hebe le encantaba el feminismo. Era su nueva veta desde que vivía en Nueva York. A la salida del teatro, tomamos un subte hasta la estación del tren. Estábamos los cuatro solos en la estación del subte. De pronto, subió una pandilla de chicos en sus patinetas. Ninguno aparentaba más de quince años. Abrieron sus navajas. Sofía empalideció. Yo no podía sacarles los ojos de encima. Nunca había visto chicos con ese aspecto. Parecían viejos. Jugaron con sus navajas amenazándose y simulando darse estocadas. A nosotros ni siquiera nos miraron. Bajaron de la misma forma en que habían subido: como un torbellino. "No hay de qué asustarse, son chiquitos", dijo Pablo. "Por más chiquitos que sean, con esas navajas te cortan en pedazos", dijo Sofía mientras reía. Yo no me asusté. No sentí miedo; más bien, fascinación.

El día que Mara se iba de Nueva York, Pablo, ella y yo fumamos marihuana en casa. El efecto de la yerba resultó muy fuerte. Pablo y Mara fueron al cuarto de Pablo. Yo tuve un ataque de ansiedad: abrí la heladera y comí todo lo que encontré. Más tarde fuimos los tres a casa de los tíos de Mara. Los Sigal irían a Punta del Este. Raúl ya estaba allí. Le hice jurar a Mara que no lo vería. Luego nos despedimos de Mara. Pablo y yo nos fuimos caminando. "¡Uf! ¡Qué suerte que se fue Mara, no la aguantaba más!", dijo Pablo. Me tomó totalmente por sorpresa. Sólo mucho tiempo después supe que aquella tarde, en casa, a Pablo no se le había parado.

A pesar de la oposición de papá, conseguí adelantar la fecha de mi regreso a Buenos Aires. Pablo me dio, para Raúl, dos *joints* de esos que habíamos fumado en casa con Mara. Me despedí de papá como siempre: con una mezcla de odio y amor, y sin poder compartir con él nada de lo que en verdad me ocurría. Me hubiera gustado que se hubiese opuesto con más decisión a mi partida, que me hubiera dicho con más claridad qué sentía por mí. Pero no, nada. Otra vez volvía yo a la rutina: mamá, Ester, Raúl.

12

Mami y Raúl fueron a buscarme al aeropuerto. ¡Qué alivio sentí al verlos! Raúl estudiaba para rendir materias en marzo. Mamá anunció que tenía varios temas que hablar conmigo. Determinó que al día siguiente ella y yo iríamos a Punta del Este. Me di cuenta de que estaba en pie de guerra. "Y esta vez no vas a salirte con la tuya", aseguró. Yo, sin embargo, estaba segura de salirme con la mía: me quedaría en Buenos Aires con Raúl.

Ya en casa, mamá comenzó con el interrogatorio. ¿Qué era eso del fumo que le habíamos comprado a un tal Gerardo? "No le compré ningún fumo a ningún Gerardo", contesté. Mamá extrajo una carta: era de Mara. Había llegado después de que yo me fuera a Europa. En esa carta hablaba de Gerardo, de la noche de Navidad, de su imposibilidad de darle el fumo al chofer de la familia de Raúl y de la resolución final de dejarlo escondido en la funda de su guitarra.

Mamá estaba enojada conmigo, pero no demasiado. Yo insistía con que no tenía nada que ver con el fumo y que, además, yo ya no fumaba marihuana. Me parecía —le dije— que las drogas volvían tonta a la gente. "Si Raúl es tu novio y Mara tu mejor amiga, algo tendrás que ver", decía mamá.

Mamá me contó que Mara, desde Colorado, además de escribirme esa carta, le había escrito una muy similar a Pablo. La carta para Pablo se la olvidó en un auto alquilado. La encontraron debajo del asiento y se la mandaron al padre de Mara. Ya de vuelta en Punta del Este, Mara le robó cincuenta dólares a la madre. Los padres lo advirtieron, entonces se destapó todo. Aunque nunca les había pegado a sus hijos, esa vez, el padre de Mara casi la mata a trompadas. Dijo que él mismo había sacado el fumo de la funda de la guitarra y lo había tirado por el inodoro.

El padre de Mara fue a hablar con los padres de Raúl. Lo atendió la mucama. El padre de Raúl se excusó argumentando que debía salir a hacer las compras. El de Mara insistía: no podía creer que no quisieran atenderlo. Finalmente la madre de Raúl lo recibió, aunque con poco interés.

Me daba vergüenza estar metida en ese asunto. Temía perder mi libertad. "Me vas a tener que arrastrar si querés que vaya con vos a Punta del Este", grité. Mamá se convenció de que yo no iría. Durante los días que mamá no estuviera, me hospedaría en la casa de mi abuela.

Me despedí de mamá y fui a lo de Raúl. Fumamos los dos *joints* que había traído de Nueva York. "Mirá que este fumo es muy raro", le advertí. Me miró con cara de qué me vas a contar vos a mí acerca del fumo. Antes de fumar estábamos por coger. Pero no lo hicimos. Después de fumar, nuevamente se nos ocurrió coger. Entonces me di cuenta de que a Raúl no se le paraba. "No, no sé qué me pasa pero no puedo", dijo Raúl. "Estuve dos meses esperando que volvieras y ahora no se me para", agregó. Se sentía cada vez peor y yo no sabía qué hacer. Comenzó a llorar. Yo no entendía qué pasaba. Un rato antes se le había parado. Le dije que no importaba, que no se preocupara. Pero después le dije que quizá se había vuelto impotente. "Si me tratás así, seguro que no se me va a parar." Me arrepentí. Tenía razón.

Como ya no soportábamos más el efecto de ese fumo, bajamos a la cocina a tomar leche. No sirvió de nada. Luego de unas horas, comenzamos a salir de ese estado. Nos sentimos mucho mejor. Finalmente, cogimos. Olvidé ponerme el diafragma.

En casa de mi abuela, todo me resultaba extraño. Una mañana vino Mara. Hablamos acerca del lío que se había armado con el fumo. Mientras tanto, mi abuela Clara no hacía más que gritarme sus órdenes. Mara estaba azorada por la forma en que ella me trataba. Le pareció que era peor que vivir en un regimiento.

El viernes, por teléfono, Raúl me contó que me había comprado un gato siamés. Lo tenía en su casa. Esa noche, según Clara, me tocaba ir a cenar a lo de una de sus sobrinas. Volvimos temprano. Le comenté a Clara que me iba a la casa de Raúl. Dijo que no. No pude creer lo que oía. ¿Cómo que no? ¿Quién era ella para decirme que no? Nunca en mi vida me habían prohibido salir un viernes a la noche. Yo siempre iba donde quería y hasta cualquier hora. "¡La casa de Raúl queda acá cerca, voy un rato y vuelvo, quiero ver el gato siamés que me compró!" Repitió que no. Le pregunté por qué. "Me da miedo que salgas sola. Ya es tarde. Andá a la cama y dejate de dar vueltas." Jamás me había pasado algo semejante. No hubo forma de convencerla. Le hablé a Raúl y le expliqué que no podía ir a su casa porque mi abuela no me dejaba.

Al día siguiente conocí al gato. Era parecido al que yo había tenido de chica. Ester opinaba que los gatos siameses eran muy educados. Cuando yo tenía cinco años metimos en casa dos gatos traídos de la calle. Luis y yo los vestíamos con ropa de muñecas. Los gatos estaban llenos de pulgas, y nosotros, llenos de picaduras. Ester odiaba a esos gatos. Hacían pis y caca por toda la casa. Cierto día, Ester le pidió a mamá que eligiera entre ella y los gatos. Mamá optó por Ester. En cambio, con mi gato siamés, Ester se encariñó muchísimo.

Raúl y yo llevamos el gato a la veterinaria. Como nos quedaba de paso, fuimos a lo de mi abuela. Clara, inquieta y mal dispuesta, me preguntó varias veces si el gato tenía pulgas. Respondí que no. ¡Cómo iba a tenerlas. La noche anterior, Raúl casi lo había ahogado en pulguicida! Aun así, fue inútil: Clara armó un escándalo. Gritó que nos lleváramos el gato y me obligó a encerrarlo en mi cuarto.

A la noche, como siempre, nos quedamos en lo de Raúl. Cerca de la madrugada, tocó el timbre un amigo. Traía *mandrax*. Yo nunca había tomado, pero lo había oído nombrar montones de veces. Incluso, dos años atrás, Laura y yo habíamos comprado *mandrax* con una receta del tío de ella escrita por nosotras. Pero no nos animamos a tomarlo. Esa noche tomé un *mandrax* y medio.

Yo había escuchado que el *mandrax* era un excitante sexual. Raúl opinaba que si uno tomaba *mandrax* era capaz de coger con cualquiera.

El *mandrax* me produjo un efecto rarísimo. Nunca había sentido algo similar. Quería que se fueran los amigos de Raúl. Quería coger con él. Otra vez olvidé ponerme el diafragma. Llamó mi abuela por teléfono. Estaba preocupada por mí. Eran las seis de la mañana. Gritó que volviera en ese mismo instante.

Con Mara no nos veíamos hacía tres semanas. Los padres le habían prohibido que se contactara conmigo. En un primer momento me resultó un alivio, ya no soportaba más estar con ella todo el tiempo, pero por otro lado me parecía una injusticia. Otra vez yo era la marginal. Según el padre de Mara, Raúl era un asesino, un drogadicto empedernido, lo peor que le podía haber pasado a su hija en la vida era haber conocido a Raúl.

El padre de Mara le dijo a Pablo que si llegaba a ver a Raúl caminando por la calle, no dudaría en atropellarlo con el auto.

A Mara no le permitían verme, por más que yo no estuviera involucrada en la compra del fumo. Decían que no era por mí sino por mi relación con Raúl y Pablo.

Me daba envidia que los padres de Mara se ocuparan de ella. Estaba segura de que los míos nunca hubieran tenido la firmeza como para prohibirme ver a alguien. Hubiera deseado que me prohibieran ver a todos. Por más que Mara se quejara de que no la dejaran ver a nadie y la tuvieran encerrada en su casa todo el día, se sentía muy importante. Y yo, menos importante que nunca. Había pasado a ser la amiga ilegal. Ya no podría ir más a la quinta de Mara los fines de semana.

Por más que Mara pataleaba, no la dejaban ir a ningún lado. Sábados y domingos debía quedarse en su casa. Sin ver a nadie. El padre de Mara siempre había sido fácil de convencer, pero esta vez no cedía. Estaba inconmovible. Me asustaba. Yo creía que a los tres días se olvidaría de la prohibición. Pero no, se mantenía firme.

Un sábado a la tarde estábamos en lo de Raúl y llamó Mara. Pensé que hablaba para saludarnos y saber en qué andábamos. Pero no. Estaba sobresaltada. Le pidió a Raúl que yo también me acercara al teléfono: "Chicos, ¿saben lo que encontré?". "¿Qué?" "El fumo. Sí, encontré el fumo; de tanto que me tienen encerrada, yo ya no sabía qué hacer y me puse a mirar la ropa de mis viejos. Atrás de una pila de camisas de papá encontré el fumo. Y ¿saben una cosa? Queda la mitad."

13

Mamá volvió de Punta del Este. El gato y yo nos instalamos en casa. Me alegró que mamá y Ester recibieran al
gato con entusiasmo. En poco tiempo empezarían las
clases. Pasaba a cuarto año. Raúl, a quinto. Yo no sabía
a qué colegio iría. Estaba segura de que quería cambiarme. No aguantaba seguir en el mismo colegio que
Raúl.

El resto de los colegios me daba lo mismo. Me parecía igualmente malo. Cada año del secundario lo hice
en uno distinto: cursé la mitad de primer año en el Liceo 5, hasta que me fui a Nueva York; segundo año en
el Melville High School, que allí se llamaba "noveno
grado". En tercer año, ya de vuelta en Buenos Aires, no
acepté volver al Liceo 5. Quería un colegio mixto, sin
uniforme y poco exigente. En Buenos Aires había solamente dos colegios donde no se llevaba uniforme; elegí
uno, el Instituto Roosevelt.

El Instituto Roosevelt resultó ser un rejunte de

drogadictos echados de otros colegios y con serios problemas de aprendizaje. Mis compañeros no estudiaban nada de nada. Los profesores me preguntaban qué hacía yo ahí. Les parecía que era demasiado inteligente. Durante los recreos algunos chicos se reunían a fumar marihuana en el patio. Otros compraban Coca-Cola y le agregaban whisky que traían de sus casas. Yo era muy buena alumna. Pero faltaba muchísimo, no lograba ir una semana completa.

Cierto día se asomaron a mi clase unos chicos de cuarto año. Me dijeron que era fiesta judía y que pidiera irme del colegio. El celador me lo permitió. Al día siguiente, me enteré de que no había sido fiesta judía. El celador quiso ponerme la falta. Le dije que era una injusticia, que cualquiera podía confundirse.

Una mañana, Pablo llegó de viaje. Mientras estábamos en el colegio, a Raúl se le ocurrió que le pidiéramos permiso a la rectora para ir a recibir a Pablo a su casa. Claudia, una amiga nuestra, también vendría. La rectora accedió. Salimos del colegio a media mañana. Lo llamamos a Pablo desde un teléfono público en la avenida Cabildo y nos dijeron que aún no había llegado. "La verdad es que es ridículo esto de que la rectora nos deje salir del colegio a las once de la mañana para ver a Pablo si tenemos toda la tarde libre", dijo Raúl.

Mientras caminábamos por Cabildo hacia el bar al que íbamos a la salida del colegio, vimos montones de policías. Raúl supuso que debían de estar haciendo un operativo. Entramos en el bar. Yo fui al baño. Al salir, vi que Claudia y Raúl estaban rodeados de policías. Me pidieron los documentos. Le extendí la cédula de cuando era bebé. Raúl tenía la cédula en regla y Claudia no tenía ningún documento.

Le pidieron a Claudia que se fuera y a Raúl y a mí que los acompañáramos. Nos llevarían a la comisaría para hacernos algunas preguntas. En el celular me dijeron que me habían llevado porque no tenía la cédula actualizada y a Raúl como acompañante. Nos preguntaron si nos habíamos hecho la rata. Contestamos que no. Pero no podíamos decirles que la rectora nos había dejado salir antes de hora, le cerrarían el colegio.

En la comisaría nos preguntaron qué hacíamos, dónde vivíamos, de qué trabajaban nuestros padres y por qué andábamos por la calle a esa hora de la mañana en vez de estar en el colegio. Nos ordenaron que llamáramos a nuestras casas para que nos fueran a buscar. Antes de dejarnos salir, nos hicieron firmar una entrada por habernos rateado del colegio. Después me enteré de que, en realidad, me habían llevado porque consideraron sospechosa mi actitud: fui al baño cuando ellos entraron en el bar.

Mi tercer año se acababa y cada vez soportaba menos ese colegio. En una clase de literatura nos comunicaron que tendríamos que leer el Poema del Mio Cid. Un chico, mientras anotaba el nombre del libro, preguntó quién lo había escrito. Le contestaron que era anónimo. Preguntó qué quería decir eso. "¡Que no lo escribió nadie, boludo!", contestó otro compañero.

Con mamá habíamos ido a averiguar a un colegio privado que quedaba a dos cuadras de casa. Tenían vacantes para que yo cursara cuarto año, pero a mamá le pareció muy caro. "No me alcanza, pedile a tu papá que te aumente la mensualidad." Cuando hablé con papá por teléfono se opuso. "Arreglate con lo que tenés. No necesitás ir a un colegio privado." Me enojé muchísimo. "¡Vos siempre les pagaste colegios privados a los hijos de Hebe!" Me preguntó cuánto necesitaba y prometió mandarlo lo antes posible.

Al mes de empezar las clases en el nuevo colegio, durante un recreo, me sentí mareada. Traté de contenerme, de no decirle nada a nadie. Recién habían empezado las clases, no quería llamar la atención, pero cuando subí al aula, la profesora me notó pálida. Me preguntó qué me pasaba. Sugirió que llamara a casa para que vinieran a buscarme.

La menstruación se me había atrasado. Decidí decírselo a mamá. En caso de estar embarazada, pensé que era mejor que mamá lo supiera enseguida. Mamá sugirió que pidiera hora con la ginecóloga. La médica no creyó que estuviera embarazada. Me recetó unas pastillas para provocar la menstruación. Le conté a Mara que quizá estuviera embarazada. "Si estás embarazada lo escondés muy bien, porque no se te nota ni un gramo más gorda." A mí me pareció que era muy buena observadora.

Empecé a preocuparme: en el prospecto de las pastillas decía que la menstruación tardaría, a lo sumo, diez días en venir. Y esos diez días ya habían pasado. Mamá habló con la ginecóloga. La doctora le pidió que no nos preocupáramos. Mamá se tranquilizó e intentó tranquilizarme. Pero yo suponía que las cosas no eran como la ginecóloga decía. Le conté a Raúl. Por un lado, me parecía mejor no estar embarazada, pero, por otro, lo deseaba. Suponía que Raúl me iba a tratar bien, me haría sentir importante. Raúl quería que yo estuviera embarazada.

Las primeras veces que cogí con Raúl usamos forros que había en el escritorio de mi cuarto. Ese dormitorio había sido de mi hermano. La caja de forros había quedado allí. Yo no sabía qué contenía esa caja. Antes de que empezáramos a salir, Raúl, de casualidad, vio los forros en mi escritorio. Supuso que yo ya habría cogido. Le preguntó a Pablo si yo era virgen. Pablo contestó que era probable que no. Entonces, Raúl ya no tuvo dudas de que yo cogía. Pero cuando me preguntó, le contesté que era virgen. Él no podía creer que no supiera que en mi cuarto había forros. Le dije que eso era de mi hermano y que yo no tenía nada que ver. Nunca se me había ocurrido abrir la caja o tirarla. A Raúl le daba vergüenza comprar forros. Me pareció indignante: él era el hombre y le correspondía comprarlos.

Un tiempo después, supuse que lo más indicado

era que me hiciera un diafragma. Fui a ver a la ginecóloga. Ella me preguntó cuántos años tenía, si estaba de novia y no mucho más. Yo no entendía nada. Me asustaba la posibilidad de que la ginecóloga me preguntara cosas que yo no supiese. También habló de la importancia del uso correcto de los anticonceptivos y del peligro del embarazo. Me pareció un plomo y no veía la hora de tener la receta en la mano para irme del consultorio.

A la noche comí en lo de Laura. Le conté que me habían recetado un diafragma y que quería comprármelo, pero que no tenía plata. Mamá jamás disponía de plata. Si pretendía que ella me diera dinero, nunca lo tendría. A Raúl tampoco quería pedirle. Laura se ofreció a comprármelo. Decidimos ir en ese mismo momento. A Laura, la expedición nocturna para comprar el diafragma le parecía muy divertida. La farmacia estaba de turno y me entregaron el paquete casi a oscuras, a través de una pequeña ventana. Lo abrimos en casa de Laura. Contenía un diafragma, un pomo de crema vaginal y un colocador. Al ver el diafragma, me di cuenta de que era igual a lo que Mara me había mostrado a los doce años. En ese momento me dijo que era un forro y nos preguntábamos cómo se usaría. Yo ahora sabía que no era un forro pero seguía sin tener la menor idea de cómo se pondría.

Ni siquiera había pasado un año y estaba por tercera vez en el consultorio de la ginecóloga. Sola. Casi segura de estar embarazada. Le conté a la médica que se había cumplido el plazo de los diez días desde la toma de las pastillas sin ningún efecto. Quiso revisarme. Con una mano enguantada me palpó por dentro. "Sí, tu útero aumentó de tamaño notablemente... estás embarazada." No supe qué sentía. Estaba confundida. No me imaginaba con un hijo. Todo me parecía un juego. En ese momento no tuve dudas de que iba a abortar y no me hice demasiado problema. Opté por verlo como un trámite. La médica llamó a mamá por teléfono. Le comunicó que yo estaba embarazada. Mamá fue al consultorio para que charláramos las tres. En realidad, hablaron ellas dos, yo no tenía nada que decir.

Al llegar a casa lo llamé a Raúl. Le conté que estaba embarazada. Se alegró de comprobar su fertilidad. Vino a cenar. Mamá le preguntó si estaba al tanto de las novedades. Raúl respondió que sí con entusiasmo. Mamá no disimuló su asombro. Veíamos una ventaja: hasta que abortara, no tendríamos que cuidarnos. Lo cierto es que Raúl estaba orgulloso de sí mismo y yo me alegraba de verificar que podía tener hijos. Siempre me había intrigado ese tema. Ya que debía abortar, me parecía que estaba en la mejor edad. Era obvio que a los dieciséis años no iba a tener un hijo. En cambio, me imaginaba que abortar siendo más grande debía de ser terriblemente triste. Uno debía de sentirse un asesino.

Sin embargo, más de una vez conté los meses que hubieran faltado hasta que, supuestamente, naciera mi hijo. En esos momentos, no quería que Raúl fuese el padre. Presentía que, si abortaba, me arrepentiría muchísimo y que me iba a quedar solterona. Un día, después de coger con Raúl, le dije que me daba pena abortar, que no quería hacerlo. Raúl estaba muy cariñoso conmigo.

Mamá se ocupaba de buscar un médico abortero. Le comenté que yo también podía ocuparme. Tenía varias amigas que habían abortado. Pero mamá me pidió que lo dejara en sus manos. Me dijo que yo era una pendeja que no entendía nada de lo que hacía y por eso me pasaban cosas tales como quedar embarazada. Contesté que si quería ayudarme lo hiciera pero que no se burlara de mí y que yo me las podía arreglar sin su ayuda.

Raúl decidió darle la noticia al padre. El padre se ofreció a pagar el aborto. Pero también aclaró que no dudáramos en hacer lo que quisiéramos. Si queríamos casarnos y tener el hijo, a él no le parecía mal. Lo dejaba librado a nuestra voluntad.

Mara, Pablo, Laura y Claudia estaban enterados. Pero no quise que nadie más lo supiera. No sabía qué pensar con respecto a mi situación. Tenía opiniones muy cambiantes. En realidad, no pensaba demasiado. Seguía yendo al colegio y viendo a mis amigos.

Antes de que comenzaran las clases, Raúl me ofreció tomar un ácido. Yo nunca había tomado ácidos. Tampoco tenía nada en contra, especialmente porque no los iba a tomar todos los días. Raúl me mostró unos papelitos con dibujos de historietas. Cada uno tenía una gota de ácido. Él tomó uno; yo, medio. Me indicó que chupara el papel hasta que se me deshiciera en la boca. Mientras tomaba el ácido fui a bañarme. Mamá entró en el baño. Tuve miedo de tragarme el ácido de golpe. Mamá me preguntó qué haríamos esa noche. Contesté que cenaríamos en un restaurante. No sabía qué ropa ponerme. Me parecía que todo me quedaba mal, estaba demasiado flaca. Era la primera vez en mi vida que me veía demasiado flaca.

Fuimos a cenar al Rodeo de Recoleta. Quedaba a tres cuadras de casa. Mientras estábamos en el restaurante, el ácido me empezó a pegar. Al ver la palabra "chucrut" en el menú me dio un ataque de risa y las viejas de una mesa cercana me parecieron deformes. Nos encontramos con un amigo de Raúl. En seguida se dio cuenta de que estábamos en una muy rara. Sentí que era de los nuestros. Después de cenar visitamos a Claudia. Opinó que para estar en ácido no estábamos tan locos.

Con mis compañeros del nuevo colegio ni se me ocurría nombrar el tema de las drogas. No quería hacerme mala fama. Pero me sentía distinta a ellos. Los veía muy inocentes. Suponía que todas las chicas debían de ser vírgenes. Yo les contaba que estaba de novia. Tenía la sensación de que nunca iba a poder ser como mis compañeros de colegio: ellos tenían una familia.

Me resultaba insólito que no los dejaran faltar. Papá ni siquiera sabía a qué colegio iba y mamá no sabía cuándo iba. Yo odiaba a mis compañeros. Ratearme me parecía lo más estúpido del mundo. ¿Qué sentido tenía despertarme temprano y dar vueltas por la calle toda la mañana si podía quedarme durmiendo en casa? Sumándole el embarazo sentía que entre mis compañeros de clase y yo había un abismo.

Mamá me contó que los padres de Raúl ofrecían pagar la intervención. Mamá y la madre de Raúl se habían encontrado en un bar para charlarlo; mamá no aceptó pero dijo que lo pensaría. La madre de Raúl entendía perfectamente que en ese trance yo no quisiera ir a la casa de ellos. De todas formas, nos invitaron a Raúl y a mí a ver *Apocalypse Now*. Me pareció horrible. Deseaba irme cuanto antes.

Un médico no quiso hacerme el aborto por ser menor de edad. Otro pretendía cobrar una suma de dinero que a mamá no le pareció razonable. Finalmente, mamá encontró el médico apropiado. Fuimos juntas al consultorio. Quedaba en Barrio Norte. En la puerta había una placa que decía: "Doctor Esteban Giménez Quiroga". Tuvimos que esperar bastante tiempo en un consultorio lleno de gente. En general, mujeres con sus maridos o mujeres solas. Pasamos mami y yo. El médico indicó que me desvistiera y me acostara sobre la camilla con las piernas abiertas. Se puso un guante de goma. Mientras me revisaba me preguntó cuántos años tenía. "Dieciocho." Me miró con cara de no te creo en absoluto. Me preguntó qué hacía. Contesté que había terminado el secundario el año anterior y que no hacía nada. No se me ocurrió nada que pudiera estar haciendo. Me dio consejos sobre lo bien que me haría estudiar o trabajar, en fin, hacer algo de mi vida. Después dijo que, efectivamente, estaba embarazada. Fijamos la fecha para el aborto: el sábado siguiente por la tarde. Faltaban cuatro días.

Mami me contó que Ester sospechaba qué pasaba y se lo preguntó. Mamá respondió que sí, que yo estaba embarazada. Ester se largó a llorar. Mami me explicó que para Ester era algo terrible. Sentí mucha pena por Ester.

Le comenté a Raúl que el aborto sería ese mismo sábado. Se asombró de que pudiera ser tan rápido. Yo calculaba que mi embarazo andaría por el mes y medio.

El viernes anterior al aborto tuve diarrea. Mamá opinó que me la debía de ocasionar el miedo. Pero yo no sentía nada de miedo. El sábado a la mañana comí varias tostadas. El aborto sería a la tarde y el médico me había prohibido comer después del desayuno.

El lugar convenido para el aborto quedaba en la provincia. Me llevó mamá en auto, también vino Raúl. Fuimos hacia Olivos o Florida, no sabía bien. Yo no estaba nada nerviosa. Llegamos a un lugar silencioso y apartado. No había nadie en la calle. En la puerta de la casa, una placa decía: "Esteban Giménez". En un lugar como aquel bastaba, por lo visto, un solo apellido.

Una señora, a través del visillo de la puerta, dijo que podía entrar un solo acompañante. Raúl se quedó afuera. La casa era fea, oscura. Tenía las cortinas rotas y a medio caer. Por la escalera bajó una señora tambaleándose. Me tocó el turno. Me despedí de mamá. Subí sola por esa misma escalera. Pasé a un cuarto. Allí estaba el médico. Indicó que me sacara el pantalón. Me preguntó cuántos años le había dicho que tenía. "Dieciocho", volví a mentir.

Me quedé con la enfermera. Ordenó que me acostara en la camilla. Me pidió que extendiera los brazos. Los sujetó a los costados. Después, me ató las piernas abiertas. Me impresionó mucho. Nunca me habían operado. Era la primera vez que me darían anestesia general. Nadie me contaba cómo iba a ser. Yo estaba acostumbrada a médicos más cordiales, que relataban paso a paso lo que harían. En cambio éste no me decía ni una palabra y me había hecho atar como si yo fuera un fiambre.

La enfermera anunció que me iba a anestesiar. Me aferró el brazo con una goma muy ajustada y clavó la aguja. Pero no pasó nada. Intentó otra vez. Empecé a asustarme. Dijo que yo tenía las venas muy escondidas. Intentó una vez más. Se dio por vencida. Llamó al médico. Él, en vez de darme la inyección en el brazo, me la dio en la muñeca. Inmediatamente, sentí que el brazo se me dormía y que la misma corriente fluía como un relámpago por todo el cuerpo.

Me desperté en una cama desconocida con la sensación de tener algo raro en la bombacha. Mami estaba a mi lado. Me preguntó si podía levantarme. Me incorporé. No tenía nada en la bombacha. Me puse el pantalón totalmente mareada y fui a donde estaba el médico. Recetó un antibiótico. Indicó que permaneciera un día en cama, veinte sin tener relaciones sexuales y que esperaba no verme nunca más.

Regresamos los tres en el auto, sin cambiar una sola palabra. Yo no tenía qué decir. Raúl no abrió la boca. Ya en casa, me metí en cama. Raúl fue a decirles a sus padres que todo había salido bien. Llamó Laura. Vino a visitarme. También llamaron Claudia y Mara. Yo quería que me mimaran, pero nadie lo hacía como yo esperaba. Raúl volvió con masitas muy ricas. Tuve miedo de que después del aborto, Raúl no me quisiera más.

Al amanecer del día siguiente tuve una sensación de vacío muy profunda. Fui a la cocina y comí montones de masitas, todas las que me gustaban, sin molestarme en sacar la bandeja de la heladera.

14

Mamá me dijo: "Luz, despertate, estás en Buenos Aires". Era febrero, el día anterior había llegado de Nueva York. Esa vez me hospedé en lo de Luis, cosa que papá aceptó sin problemas. Hubiera querido que papá insistiera en que fuera a su casa, pero no lo hizo. Le pareció suficiente prometerme que iríamos a almorzar y cenar juntos todas las veces que yo quisiese y que, además, para cenar en su casa, no tenía más que pedírselo.

La primera noche fui a cenar a lo de papá. Yo daba cualquier cosa por que me rogara que me quedase en su casa. Pero no. Me acompañó a tomar un taxi. Me sentí la última mierda de este mundo. "Papi, por favor, ¿cómo podés hacerme esto? ¿Cómo podés ser tan hijo de puta?", pensé al despedirme.

Luis estaba viviendo con Leda, su novia. Leda me había caído bien. Yo sabía que cualquier novia de Luis me caería bien. Toda persona que Luis eligiera, a mí también me gustaría. Leda era italiana. Entre ellos, hablaban en italiano. Yo no entendía ni una palabra.

Al día siguiente de mi llegada, Luis me contó que papá había vendido el campo. Me quise morir. ¿¡Cómo no me había contado nada!? Papá era de lo peor. Un mentiroso.

Esa noche no pude dormir. Lloré apretando la cara contra la almohada. Odié a papá más que nunca. Me imaginé que, a partir de entonces, tendría que quedarme todos los fines de semana en Buenos Aires. Aunque yo no fuera al campo muy seguido, saber que estaba allí me tranquilizaba. Papá me había transformado en una prisionera de la ciudad. Creí que me volvería loca.

En ese momento, papá dirigía una empresa que estaba por presentar un proyecto para desarrollar un barrio de 25 hectáreas en Nueva York. Otras empresas ya habían intentado pero sin suerte: los vecinos vetaron las propuestas. Papá aseguraba que a ellos les iría bien. El capital de la empresa era de un grupo de argentinos que se habían llenado de plata durante el Proceso. Eran de origen italiano. Papá decía que ni siquiera habían terminado el secundario. No hablaban ni una palabra de inglés. Papá había pasado a ser un ejecutivo con chofer y no tenía ni un minuto de respiro. No se tomaba vacaciones. Lo llamaban por teléfono hasta cuando estaba en el consultorio del dentista.

Los compañeros de trabajo de papá le metían los cuernos a sus mujeres y bromeaban con papá con respecto a conseguir la aprobación del proyecto a través de un *affair* con la directora de la comisión del barrio.

Papá nunca había tenido un trabajo así. Era la primera vez que yo lo veía en una oficina tan elegante y rodeado de gente tan nefasta.

Papá y yo fuimos a almorzar. Le dije que Luis me había contado lo del campo. Contestó que, en realidad, él no hubiese querido venderlo. Pero, al irse de la Argentina, le había dado un poder a la madre de Hebe. Ella había hecho la operación sin consultarlos. Yo no podía creer semejante pelotudez. Peor todavía: ni siquiera podía recriminarle a papá. ¿La madre de Hebe tenía un poder? ¿Era tan imbécil mi papá? Me pidió que no le reprochara, que Hebe ya había chillado bastante. Papá trataba de consolarme. Me decía que, en realidad, a mí no me daba pena por el campo sino porque era lo único que le quedaba a él en la Argentina.

Mientras yo estuve en Nueva York, Raúl veraneó en Búzios. A principios de febrero nos encontramos en Punta del Este. Un tiempo después de haber abortado, las cosas con Raúl empezaron a andar de mal en peor. Nos peleábamos muy seguido. Yo no soportaba que él no hiciera otra cosa que drogarse. Cuando la relación se volvía demasiado tensa, Raúl me largaba. Me decía que no quería verme nunca más. Me colgaba el teléfono. Yo, entonces, corría a su casa y le rogaba que siguiéramos saliendo. Lloraba. Le pedía que hiciera lo que quisiese, que no me llevara el apunte. Le prometía cualquier cosa con tal de seguir. Raúl, finalmente, accedía. Pero juraba que si volvíamos a discutir ya no habría posibilidad de arreglo.

Raúl fue a buscarme al aeropuerto. Cuando subí al coche me advirtió que nunca más le hiciera un comentario acerca de las drogas; que él se drogaría todo lo que quisiese. Me sentí sola, muy sola. Supuse que en cualquier momento me abandonaría. Odiaba mi dependencia de Raúl, pero no podía evitarla. Contesté que yo tampoco quería joderlo más. Traté de cambiar de tema, de contarle algo divertido. Hice ese intento. Sin embargo, no conseguíamos llevarnos bien. Antes de que pasara una semana, Raúl quiso volver a Buenos Aires. Yo no.

Raúl me planteó que nos separásemos. ¡Qué desesperación! Pero, al mismo tiempo, me daba cuenta de que la situación no daba para más. Nunca había cogido con otro chico y hacerlo me intrigaba, pero no concebía el hecho de estar de novia con nadie que no fuese Raúl. Me parecía que coger debía de ser algo diferente a lo que hacíamos Raúl y yo. Me daba bronca que Raúl no se interesara por lo que yo sentía. Me tocaba lo indispensable para que él pudiera acabar. Yo no veía el momento de que él acabara porque no sentía ningún placer. También me daba bronca que sintiera tanto asco por mí cuando yo estaba menstruando. Y como además le daba asco la crema del diafragma, cambié de método anticonceptivo: pasé a tomar pastillas, aunque sabía que no eran lo mejor.

152

Llegó Carla. Carla era una amiga de Raúl. Había sido la primera novia de Pablo. En ese momento les compraba fumo a Pablo y a Raúl. Carla me ofreció hospedaje. Su padre había alquilado una casa en Solana. Raúl decía que, por más que él volviera a Buenos Aires y nos hubiéramos separado, yo debía permanecer en su casa. Me pareció ridículo. ¿Y si yo quería salir con otro chico? Acepté el ofrecimiento de Carla.

Carla, por un lado, me atraía; pero, por otro, me asustaba. En su casa, durante las comidas, siempre hablaban del culo, las hemorroides y las aventuras para hacer caca.

Carla había traído un montón de cocaína. Tomábamos dos o tres veces al día. Y por eso estábamos constantemente resfriadas. El padre de Carla ya no sabía qué darnos para que se nos curase el resfrío. Lo único que nos aliviaba momentáneamente era tomar más cocaína.

Escuchaba con admiración y horror las aventuras sexuales de Carla: cogía con todos los hombres de un grupo de actores amigos y a la vez era íntima de sus novias. Hacían camas redondas: ella, una amiga y su novio, los tres juntos. Me preguntaba si alguna vez lo habíamos hecho Raúl, Pablo, Mara y yo. Contesté que no.

Decidí volver a Buenos Aires a charlar con Raúl. Quería que nos reencontráramos. Carla creía que no valía la pena y me daba ánimos para que me mantuviese separada. Me contaba cómo era la vida de soltera. Me decía que iba a tener que encarar los bares sola. "Ya no vas a ser más mujer de un solo hombre."

Las perspectivas que me pintaba Carla me angustiaban. Mamá ni sospechaba que yo regresaría. No encontré a nadie. En la heladera había una tarta de berenjenas hecha por Ester. Cuando la vi, me sentí en casa.

A la noche fui a lo de Raúl. Estaba solo. Nos tratamos como si nada hubiera sucedido. Al rato llamó Pablo. "No, todavía no", dijo Raúl. Supuse que Pablo le había preguntado si me había mandado al diablo. Me dio bronca. Por otro lado, Pablo y Mara no salían más y me parecía imposible que Raúl y yo siguiéramos saliendo. Fuimos al cuarto de los padres de Raúl y cogimos allí.

A la mañana siguiente, nos despertó la mucama. Había llegado Juan, el profesor de matemática de Raúl. Juan era estudiante de matemática en Exactas. Yo lo había conocido unos meses antes, mientras Raúl preparaba química. Me había parecido buen mozo. Cuando bajé a tomar el desayuno, lo saludé de pasada. Raúl consideraba que Juan era un excelente profesor.

Mamá y yo volveríamos a Punta del Este la madrugada siguiente. Mamá comentó que era una suerte que Carla me invitara a hospedarme en su casa, porque en la casa a donde ella iría no había lugar para mí. Me sentía herida pero simulé que no me importaba y que me las podía arreglar perfectamente sin ella.

Ni bien llegué, me encontré con Damián, un chico que me había invitado a salir unos días antes. Le conté

154

que había cortado con mi novio y decidimos salir esa noche. "Te va a coger", me dijo un amigo. "Qué me importa", contesté.

Damián me invitó a su casa. Al rato, cogimos. Yo sentía mucho miedo; mientras me sacaba la ropa, temblaba. No se lo dije. Tampoco sentí placer y me daba rechazo. Me parecía horrible que me tocara y que me besase. Me dijo que me quería y me dio más rechazo aún: era una mentira. Empecé a sentirme pésimamente. No sabía qué hacía en ese lugar. Por qué estaba en la cama con ese chico. Quise irme lo antes posible. Él no entendía qué me sucedía. Me acompañó a tomar un taxi. No quería verlo nunca más.

La noche siguiente, Carla y yo fuimos al centro. De vuelta a Manantiales, nos llevaron dos conocidos. Estuvimos los cuatro charlando y tomando merca. Uno de los chicos me gustó. Fuimos a mi cuarto. Aunque tampoco sentí placer, al menos me pareció atractivo. Su cuerpo me gustó. Me sentí orgullosa de haber cogido con un chico que me pareciera buen mozo. A la madrugada se fue. Había llovido y las ventanas del cuarto estaban abiertas. Nuestra ropa se empapó. Le presté un pantalón mío.

El padre de Carla estaba separándose de su segunda mujer. Por su casa desfilaban mujeres rarísimas. Unas rubias platinadas que parecían putas.

Un día mamá vino a visitarme a lo de Carla. De paso, preguntó si estaba su padre. Yo me di cuenta de que, en realidad, no había ido a visitarme, sino a levantarse al padre de Carla. Me dio bronca, también pena.

Nos encontramos con un amigo de Carla. Traía merca de Bolivia. Aparentemente, era muy famoso. Les vendía drogas a varios actores cómicos. Carla salió con él y no volvió por dos días. No sabía cómo comportarme sin Carla allí. Me di cuenta de que yo a Carla no le importaba y que su amigo traficante era lo único que le interesaba. Recordé que Carla me había dicho que lo más probable era que el traficante no le diera bola. Sin embargo, ya llevaba dos días con él. Mami, al enterarse de lo que pasaba, me permitió quedarme a dormir dos días en el living de su casa.

No sabía cuándo empezarían las clases. No me importaba llegar unos días más tarde. Comenzaría quinto año. No quería saber nada con terminar el secundario. Dos días antes de volver a Buenos Aires, Carla y yo tomamos un ácido cada una. Nos pusimos *henna* en el pelo. Yo quedé medio pelirroja. La noche antes de la partida me encontré con el chico al que le había prestado el pantalón y me lo devolvió.

Ni bien llegué a Buenos Aires, le hablé a Raúl. Vino a casa y cogimos. Me notó más flaca, dijo que tenía las tetas más chicas. Mamá llegó después que Raúl se fue. Me vio en bombacha y me aconsejó que si no quería salir más con Raúl, no lo atendiera en bombacha.

No ver a Raúl todos los días me hacía sentir totalmente desgraciada. Pasaba el día esperando que me lla-

mara por teléfono. Yo cogía con todos sus amigos sin
que me importara demasiado quiénes eran. Me sentía
una puta asquerosa. Comía sin parar. Estaba cada vez
más gorda. Al despertarme, me acordaba de que no salía más con Raúl y me angustiaba. Quería morirme.

Me hice amiga de una compañera de colegio, se
llamaba Sonia. Vivía en Palermo Chico. La madre de
Sonia tenía campos y un ingenio azucarero en el norte
del país. El padre de Sonia era automovilista, había quedado paralítico en un accidente durante una carrera.
Me atraía el pasado pituco de la familia de Sonia. Sonia
me contaba que su madre y su segundo marido toma-
ban drogas y que, a veces, parejas de amigos se quedaban a dormir con ellos. El cuarto de la madre de Sonia
ocupaba un piso entero de la casa. Los chicos tenían
prohibido subir a él.

En el mes de julio, yo me iría a Nueva York. Tomaría el avión con Pablo. A Pablo, en esa época, lo odiaba.
Él se pasaba todo el día con Raúl. Se inyectaban cocaína
y también la vendían.

El día de mi partida a Nueva York, Sonia me contó
que su madre se había ido de viaje y que su piso estaba
sin llave. Me pidió que la ayudara a revisar. Su inten-
ción era encontrar drogas para después echárselo en
cara a su madre.

El dormitorio de la madre de Sonia tenía espejos
en el techo. En otro cuarto, había una sauna. Sonia me
contó que su novio se había reído al ver los espejos en

el techo. Yo no entendí por qué. Primero revisamos el baño. Había muchos pomos de crema a medio usar. Los prospectos estaban escritos en inglés. Eran cremas para facilitar el orgasmo en la mujer, inmediatamente después del parto; para que el hombre tardara más tiempo en acabar. Yo no podía creer lo que veía. Jamás se me hubiera ocurrido que existiera ese tipo de cosas. Sonia no parecía demasiado alterada, más bien, orgullosa. Yo no entendía de qué. Lo que la obsesionaba era encontrar drogas. Sonia me preguntó si yo sabía lo que era un consolador. Contesté que sí. Había visto muchos en las vidrieras de los *sex-shops* en Estados Unidos. Sonia sacó uno del armario del baño.

Antes de salir hacia Ezeiza, yo daba vueltas por la casa sin saber qué hacer. Decidí fumar un cigarrillo. Fui al escritorio de mamá y saqué uno. Luego otro. Fumé varios. Llegué a la conclusión de que antes no había fumado porque no sabía, pero que ahora había aprendido. Me compré un paquete.

En el avión, Pablo tomó un somnífero y me ofreció. No acepté. Pablo me dijo que le parecía una pelotudez que yo cogiera con cualquiera porque se me iba a arruinar el lindo cuerpo que tenía. Le aseguré que ya no iba a coger con cualquiera. Pablo me contó de los picos de cocaína. Decía que a él no le gustaban pero que a Raúl sí.

Ya en Nueva York, a Pablo se le ocurrió que tomáramos ácidos. Los tomamos y fuimos a bailar. Yo creía,

158

como Pablo, que tenía lindo cuerpo, pero estaba tan gorda que no me entraba la ropa. Me encantaba salir con Pablo. Tomamos bastante alcohol. Pablo me gustaba, me atraía más que nunca. Pero no me imaginaba con qué cara nos hubiéramos mirado después de besarnos. No podía ser. Papá y Hebe lo prohibían.

Ni bien llegamos a casa, fui a dormir. Pablo llamó a la puerta de mi cuarto. Tuve la certeza de que pasaría algo entre nosotros. Los dos, pensaba, teníamos ganas de hacer el amor. Es más: estaba convencida de que nos moríamos de ganas. Pero Pablo no se atrevió a hacer nada. Y yo tampoco. Cuando le abrí, me preguntó si quería ir con él a la cocina a tomar helado. Antes de irnos a dormir, nos dimos un beso en la mejilla y cada uno se fue a su cuarto.

Al volver de este viaje a Nueva York, me sentí peor que nunca. Las mañanas me deprimían. Quería ver a Raúl, pero él no me daba pelota. Pablo, que también había vuelto, decía que ni bien terminara la colimba, se iría a vivir a Nueva York. Yo no le creí.

Comencé a preocuparme por mi futuro. No sabía qué hacer al terminar el secundario.

Me di cuenta de que me gustaban la literatura y la matemática. No sabía cuál de las dos carreras seguir. Claudia, un día, me mostró un libro de Lewis Carroll. Me dijo que había sido matemático y luego escritor. Me emocioné muchísimo. Presentía haber encontrado mi vocación. Dediqué varias páginas de mi diario a la felicidad de haber encontrado mi vocación. Pensé que seguiría las dos carreras: letras y matemática.

Laura iba a estudiar física. Se estaba preparando para el examen de ingreso desde principios de año. A mí me daba pánico el ingreso en la Universidad de Buenos Aires.

Poco a poco empecé nuevamente a ver a Raúl. Pero no estábamos de novios como antes. Cogíamos a veces y eso era todo.

Un día me habló Carla. Estaba internada en una clínica. Me pidió que le avisara a Raúl. Me encantaba hacer de intermediaria. Me sentía importante. Fui a cenar a lo de Raúl. Le conté lo de Carla. De pronto, Raúl me dijo que no quería coger más conmigo. Me sentí mal. No entendía, y Raúl no me dio ninguna explicación.

Ese año, 1981, mi hermano Luis se licenció en Ingeniería. Mamá fue a visitarlo. Yo me quedé con Ester. Me encantaba quedarme con Ester. Ella seguía cuidándome mejor que nadie. Pero los fines de semana volvía a su casa y yo me quedaba sola.

Raúl organizó una fiesta para su cumpleaños. Me invitó y me sentí llena de orgullo. La fiesta fue un quilombo. Todos estaban dados vuelta. Sin que yo entendiera por qué, de pronto, desaparecieron los invitados. Un vecino había llamado a la policía. Quedamos Pablo, Raúl y yo. Pablo, finalmente, se fue y yo me fui a dormir con Raúl.

Dos días después me habló Raúl por teléfono. Susurraba. Parecía llorar. Dijo que estaba en un departamento vacío, arriba del suyo. Un chico, a quien Pablo y él le vendían cocaína, había caído en cana. "Me cantó." Cuando la policía fue a buscarlo, el portero le pidió la orden de allanamiento. Como no la tenía, no lo dejó pasar. Raúl se largó a llorar mientras me lo contaba. La policía regresó después con la orden de allanamiento. Los canas aún lo estaban esperando en su casa. Habían asegurado que no se irían hasta que no regresara.

Raúl ya había ido preso por falsificar recetas de *mandrax*. La causa no se había cerrado todavía. Si volvían a atraparlo, iría directo a Devoto. Raúl le habló a Pablo y le ordenó que se borrara de su casa porque si llegaban a meterlo preso, lo cantaría. Raúl me pidió que fuera a visitarlo al departamento donde se había escondido.

No le conté nada a mamá y fui a visitar a Raúl. A la hora de la cena, subió su madre con la comida. Raúl se escondía en un cuarto vacío con un colchón sobre el piso y un televisor con el volumen muy bajo. Mantenía las persianas cerradas.

Esa noche Raúl dijo que, desde hacía tiempo, quería volver a salir conmigo, a estar "de novios". Yo tenía mis dudas pero no pude negarme. Nos pusimos de novios otra vez.

Los policías le dejaron a Raúl una cita para el careo con el chico que lo había cantado. Según cómo le fuera, iría a Devoto o no.

El día del careo, Raúl me dijo que si a la tarde no me llamaba, era porque lo habían mandado a Devoto. Cuando llegué del colegio le pregunté a Ester si alguien me había llamado. Contestó que no. Me asusté. Aunque también pensé que si a Raúl lo mandaban a Devoto sería mejor, la única manera de que no saliéramos más. Yo tenía la certeza de que no había hecho bien en volver con Raúl.

A la media tarde, me habló Raúl. Todo había salido bien.

Mara me contó que Pablo ya se había ido a vivir a Nueva York. Pensaba irse el mes siguiente, pero cuando la policía fue a buscar a Raúl, decidió adelantar su viaje. Mara lloró en la despedida, se rió y comentó que para ella era muy fácil llorar. A mí, ni siquiera me quedó claro qué día se había ido.

15

Laura había entrado en Física en Exactas. ¡Qué admiración! ¡Qué envidia, Laura tocaba el cielo con las manos!

Yo había empezado a estudiar computación en una universidad privada. Pero la consideraba muy mala. Tenía planeado pasarme a Matemática, en la del Estado. No entendía bien por qué había caído en esa facultad privada. Probablemente porque Raúl estudiaba Psicología en la misma universidad, además del miedo que me producía el examen de ingreso en la estatal.

Papá estaba contentísimo con mi decisión de estudiar Matemática. Me encantaba que papá se entusiasmara con algo mío. Al interesarme por la ciencia, sentía que compartíamos un secreto. Solamente nosotros dos. Papá era astrofísico. Había sido profesor titular de la carrera de Física desde el 59 hasta el 66. Cuando le conté que entraría en Exactas se asustó. Seguíamos bajo la dictadura militar. Papá tuvo miedo de que en la facultad quedaran profesores de aquella época contrarios a su ideología y que, por ser su hija, me trataran mal. A papá lo habían echado La noche de los bastones largos. Yo lo había oído cientos de veces, nunca en detalle, pero tenía muy claro que a papá le había dolido mucho.

Laura no paraba de hablar de los chicos de su facultad. Le parecían fascinantes. Conversaban de política y se preocupaban por el país. Algunos alquilaban un departamento y vivían solos o con amigos. Formaban grupos de estudio. Según Laura, todos conocían mi apellido: "Los Golman son famosos en Exactas, son ídolos". No había persona que ella conociera en su facultad que no hubiera oído hablar de mi familia. Me llenaba de orgullo. Me hacía recordar mi infancia. Me hacía acordar a la época en que papá se ocupaba de mí. Yo era demasiado chica cuando papá era profesor universitario, pero tenía muy presentes los años en que había sido director del Instituto de Radioastronomía. El Instituto quedaba en el Parque Pereyra Iraola. Papá iba con nosotros los fines de semana. Yo lo quería mucho a papá. ¡Habían pasado tantos años de todo eso! Pensar que en aquel momento, papá aún no la conocía a Hebe. ¡Qué maravilla!

A Laura le gustaban varios chicos de su facultad. Todos mayores que ella. Algunos eran ayudantes de cátedra. Pero había uno que le gustaba especialmente, se llamaba Enrique. Laura lo había bautizado Quique. Quique cursaba cuarto año de Física, era de izquierda y gran admirador de mi papá. Había entrado en la facu el

164

año del Mundial de fútbol.

Un sábado a la tarde, Quique iría a la casa de Laura. Era mi oportunidad de conocerlo. Yo seguía saliendo con Raúl. Luego del episodio de la cana, Raúl se había asustado mucho y no había vuelto a drogarse. Quique, Laura, Raúl y yo estuvimos conversando toda la tarde. Quique nos contaba historias apasionantes acerca de la política universitaria. Estábamos en plena Guerra de Malvinas. A Quique le parecía que la cana de la facultad no sabía cómo reaccionar. "Los del PC se paran a dar discursos en el medio del bar y cuando la cana está por agarrarlos, se pronuncian a favor de la guerra contra los ingleses en las Malvinas; entonces los canas retroceden."

Todo ese mundo me parecía maravilloso. Me hacía acordar al papá de mi infancia. Él era también de izquierda cuando enseñaba en Exactas. Yo quería entrar en esa facultad lo antes posible. Quique hablaba maravillas de mi papá, aunque no lo conocía personalmente. Me daba vergüenza contar que mi papá ya no se dedicaba a la física y dirigía el proyecto de unos inversionistas argentinos en Nueva York.

Quique y Laura se veían seguido, pero solamente para encamarse. Yo sabía que Laura, aunque lo callaba, deseaba profundamente ser la novia de Quique. La veía entristecerse porque Quique solamente la buscaba para coger.

Un día llamó Quique por teléfono a lo de Laura.

Atendí yo. Nos quedamos charlando. Le conté que tenía un parcial de Matemática. Me ofreció ayuda. Quedamos en que vendría a casa a explicarme análisis matemático.

Quique vino a casa un sábado a la tarde. Me explicó matemática. Yo estaba feliz de conocer a alguien normal. Ya de noche, le comenté que Raúl no me había llamado en todo el día. Cuando estaba por irse, me dijo que la próxima vez que mi novio no me invitara a salir un sábado a la noche, me invitaría él. No le respondí.

A los pocos días volvió papá a Buenos Aires. Desde que todos los hijos de Hebe vivían en Nueva York, ella dejó de venir. Papá viajaba solo. Me encantaban las visitas de papá. Lo tenía todo para mí. Papá decía que odiaba la Argentina. Que su única razón para venir era verme a mí. Papá se hospedaba en el Plaza. Nos quedábamos horas charlando en su cuarto, íbamos a comer afuera y paseábamos.

Cuando papi venía a Buenos Aires yo me sentía protegida. Durante esos días no tenía que ocuparme de mí. Postergaba cualquier problema hasta después de que se fuera papá. Me parecía que mientras él estuviera cerca, nada malo podía sucederme.

Ese año, papá había empezado a mandarme un montón de plata por mes. Yo pude ahorrar. Ana, una amiga de la facultad, me había contado que los departamentos estaban baratísimos. Le propuse a papi que compráramos un departamento de un ambiente. Yo colaboraría con mis ahorros. Soñaba con tener mi propia casa. A los cuatro días, papá dio la reserva para un departamento en Palermo Chico. Yo no terminaba de creerlo. Papá nunca me había comprado algo tan caro. Mis ahorros habían alcanzado para la seña.

Le conté a papi que Laura estudiaba física en Exactas. "Todos los chicos de su facultad te conocen y te admiran muchísimo", le dije. Quique quería hacerle un reportaje a papi para la revista de la facultad. A papá le encantó la propuesta, pero finalmente no hubo tiempo.

Al día siguiente de su partida, le hablé a Quique por teléfono. Charlamos bastante. Me invitó a su casa. Yo sabía que Quique vivía solo. Antes de colgar me preguntó: "¿Vos estás segura de lo que vas a hacer?". Contesté que sí. Inmediatamente sonó el teléfono: era Raúl. Estaba furioso. Gritó que había tratado de comunicarse conmigo durante todo el día y que no había podido. No me importó. Le dije que ya era tarde y que sería mejor vernos al día siguiente.

Quique vivía en San Telmo. Salí de casa de noche. Hacía mucho frío. Tomé un taxi. No paraba de temblar. Sentía que todo era muy extraño. No entendía qué me pasaba. Me alegró saber que, por primera vez, podría conversar con un chico que tenía algo en la cabeza. Supuse que hablaríamos acerca de la peste de milicos que teníamos en el gobierno desde hacía seis años y del imbécil de Galtieri que nos había metido en la Guerra de las Malvinas.

Nos sentamos uno a cada lado del escritorio. De pronto me preguntó si podía darme un beso. Me tomó por sorpresa. No supe qué contestarle, pero le dije que no. Él también se sorprendió. Empecé a enterarme del lío en el que me había metido.

Supuse que si intentaba explicarle que yo no había ido a su casa a hacer el amor sino a charlar, no me creería. No me atreví a decírselo. A Quique le parecía increíble que yo no quisiera que me diera un beso. "¿Me podés decir qué carajos estabas pensando cuando te pregunté si estabas segura de lo que ibas a hacer?" No supe qué decirle. "Yo sabía que Quique vivía solo... Él me gusta, yo le gusto... Pero no puedo cagarla a Laura de esta forma... y Raúl... Laura está enamorada de Quique... ¡Qué despelote, la puta digo...!", pensé. "Yo no puedo cagarla a Laura", dije. "¿Cagarla a Laura? ¿Eso te preocupa ahora? ¿Pero no te das cuenta de que a Laura ya la cagaste por el mero hecho de venir acá? Si cogemos o no, ya no va a cambiar nada", dijo Quique.

Yo nunca le había metido los cuernos a Raúl. De todas formas, me importaba más Laura que Raúl. "Si lo hago mato dos pájaros de un tiro", pensé. Quique intentaba convencerme de que hiciéramos el amor. Yo no sabía cómo manejar la situación. Era la primera vez que estaba en algo así con un chico a quien respetaba. Ya no sabía qué excusa darle.

De pronto Quique se puso mal. Me dijo que yo lo había hecho a propósito. Empezó a hablarme de su padre, que había muerto cuando él era chico, y de su padrastro, que estaba muy enfermo. "Jamás se me hubiera ocurrido hacerte esto a propósito. ¿Cómo podés pensar eso?", dije. Pareció creerme. "Decí que soy bueno —dijo Quique—, que conmigo no corrés peligro. Pero cuidate, nena, porque si esto se lo llegás a hacer a otro tipo, te caga a piñas y te coge ahí nomás." Sonreí asustada.

Nos despedimos a eso de las tres de la mañana. Cuando yo estaba por entrar en el ascensor, desde la puerta me dijo: "Luz, hay algo que te puedo asegurar: esto, hoy no termina".

Aunque no quise aceptarlo, supuse que lo que Quique me había dicho sería cierto: volveríamos a vernos. Por un lado, estaba avergonzada de lo que había hecho, y por otro, me parecía que me había comportado como una chica decente al no acostarme con Quique.

A partir de ese momento, empecé a sentirme más segura. Raúl me importaba cada vez menos y me daba cuenta de que otros tipos me llevaban el apunte. Supe que ya no saldría más con drogadictos. Cambié mi forma de vestirme. Durante los últimos años me había vestido como una señora, parecía la madre de Raúl. Empecé a usar minifaldas, jeans y zapatillas; a estar más cómoda.

A los pocos días, una vez más, tuve una discusión muy fuerte con Raúl. Era viernes. Quedamos en que esa noche no nos veríamos. Ante mi propio asombro, no me angustié.

Le hablé a Quique por teléfono. Le conté que me había peleado con Raúl. "Venite a casa si querés", dijo él.

Nuevamente me encontré en un taxi yendo a lo de Quique. Esta vez, no charlamos demasiado. Ya estaba todo dicho y enseguida cogimos. Quique no me atraía tanto como me hubiera gustado, pero me encantó poder hablar con él de política en la cama.

A la mañana siguiente me habló Raúl. Estuvo un largo rato contándome lo que había hecho la noche anterior. No le presté atención. Me preguntó qué había hecho yo. "Me quedé en casa."

Luego de colgar el teléfono me largué a llorar. Lloré desconsoladamente. Supe que Raúl no me interesaba más. Aun así, no tuve el coraje de romper con él.

16

Tenía que dar un recuperatorio de matemática. Decidí llamar a Juan para tomar algunas clases. Juan era estudiante de matemática en Exactas. Juan se acordaba de mí y pareció entusiasmado con la propuesta.

Ni bien Juan llegó a casa, le conté que tenía una amiga en la carrera de Física y que yo tenía planeado entrar en Matemática el año siguiente. Recién había terminado la Guerra de Malvinas. Charlamos bastante sobre eso. Le comenté a Juan que, desde el principio, yo supuse que ganaría Inglaterra y que eso me pareció bien. Él se rió. Me recomendó que tuviera cuidado con decírselo a cualquiera. Me avergoncé. Le aclaré que no era que yo hubiese preferido específicamente el triunfo de Inglaterra sino que, en caso de que ganara la Argentina, tenía la certeza de que no nos sacaríamos de encima a los milicos nunca más. En eso, Juan estuvo de acuerdo.

Ese día, sentí que Juan me gustaba.

La tarde anterior a mi examen tuve la última clase con Juan. No lo vería más. Antes de terminar, me comentó que un amigo suyo viajaría a Nueva York y lo vería a mi papá. Si yo deseaba darle alguna carta, no tenía más que pedírselo. Contesté que sí, que seguramente querría mandar algo.

Durante un tiempo no hice otra cosa que pensar en Juan. Quizá, yo a él, también le gustaba. "Bueno, de hecho, cada vez que viene se queda un montón de tiempo charlando después de clase." Además, me había ofrecido lo del amigo. Pero no terminaba de convencerme. No sabía qué pensar. Me parecía imposible que Juan me llevara el apunte. Trataba de calcular cuántos años tendría. Había ido al Nacional Buenos Aires o sea que, de secundario, eran seis años. Después había empezado a estudiar Medicina, por lo tanto, otro año. Luego estudió Química tres, y hacía por lo menos tres más que estudiaba Matemática. Tendría como veinticinco. ¡Y yo dieciocho!

Le conté a Laura que Juan me encantaba y no sabía qué hacer.

Le hablé a Juan por teléfono unos días antes de que se fuera su amigo a Nueva York. Tenía preparada una carta para papá, un regalo para mi hermano Luis y para Pablo un cartón de cigarrillos Parisiennes.

Vinieron Juan y su amigo. Por el portero eléctrico escuché: "Es Juan, el profesor de Matemática". Nos quedamos charlando los tres. Le comenté a Juan que había cortado con Raúl, lo cual no venía al caso y además era mentira. Juan permaneció de pie y se negó a sentarse en todo momento. Me di cuenta de que era terriblemente tímido y que solamente podría pasar algo entre nosotros si estaba bien claro que ya no salía más con Raúl. Además, eso de meterse con la ex novia de su alumnito, no debía de dejarle la conciencia tranquila.

Salimos los tres juntos. Ya en la esquina, les dije que iba al departamento que me había comprado mi papá. Intentaría instalar unos portalámparas. También iría Raúl, pero no lo aclaré. Juan me dijo que si algún otro día llegaba a necesitar ayuda para poner lamparitas o cualquier otro tipo de cosa, le avisara; él entendía algo de electricidad. Sentí una profunda emoción. Le aseguré que lo llamaría.

Ese fin de semana estuve con Raúl. Ya no podía verlo. No lo soportaba más. No aguantaba ni su presencia ni su forma de ser. El lunes a la noche me habló por teléfono. Estaba muy enojado. ¿Cómo era eso de que no lo llamara en todo el día? "Estoy enfermo, me pasé el día en cama. ¿Cómo no me viniste a visitar? ¡Sos una pelotuda!" Hablaba y hablaba. Me insultaba. Decía que yo era la última mierda. Lo de siempre. Pero esa vez, luego de casi cuatro años, no me importó nada de lo que dijo. No intenté convencerlo de que yo no era una mierda. No le dije ni una palabra. Colgué. Me asombré de mí misma. Nunca me había pasado algo así.

Al día siguiente fui a almorzar con Mara. Le conté

que me gustaba Juan. Que la única manera de ubicarlo era llamándolo por teléfono y que hacerlo me daba mucha vergüenza. Ella me insistió para que le hablara: "Luz, el que no arriesga no gana". Yo nunca había arriesgado.

Sin pensarlo más, le hablé a Juan por teléfono al volver a casa. Atendió él. Le conté que el sábado anterior, finalmente, no había puesto las lamparitas y que bueno, como él se ofreció a ayudarme... Reiteró que sí, que cómo no. Le pregunté cuándo podría ser. "Esta tarde puedo." Quedamos en encontrarnos en el departamento. Yo tenía los portalámparas, pero al llegar me di cuenta de que no íbamos a poder hacer las conexiones: el edificio era nuevo y aún no habían conectado la luz a mi departamento.

Me topé con Juan en la puerta de entrada. Yo había llegado antes, y justo cuando bajaba para buscar al portero nos encontramos. Simulé haber llegado en ese momento.

No había ni un solo mueble. A Juan le gustó el departamento. Me comentó que su madre tenía uno similar. En una época él había pensado en mudarse allí pero finalmente no lo hizo y la madre lo alquiló. Yo le enumeré los arreglos que pensaba hacer y le mostré dónde pondría la división. Mientras lo recorríamos sentí que me miraba. Yo seguí hablándole como si nada. Tenía puesta una minifalda. Me daba cuenta de que Juan no apartaba los ojos de mí.

174

Nos sentamos en el piso contra una pared. Charlamos sobre el país. Le hablé de mi primo desaparecido y de su hermana, que había muerto atropellada por un auto cuando estaba embarazada de ocho meses. Me sentía extraña volviendo sobre mi pasado. Nunca lo hacía. A Raúl no le interesaba. Lo único que me decía, en esos casos, era que yo no les diera pelota a mis viejos porque cuando yo era chica ellos no me habían dado bola a mí.

Juan me habló de su época de estudiante secundario. Había cursado 6º año en el 73. No militaba en ningún partido político pero simpatizaba con los peronistas. Mi tía Elena también había sido peronista. Juan me recordaba el tiempo de mi infancia, cuando yo aún creía en algo. Los años en que mi familia todavía estaba unida. Nos dimos cuenta de que unas compañeras suyas del secundario eran hijas de una ex novia de papá. Después yo no volví a verlas. Una se llamaba Luz. Era seis años mayor que yo. Yo tenía muy mal recuerdo de Luz: nunca me prestaba sus muñecas, estaban en un estante y no me las dejaba tocar.

Juan y yo hablamos durante muchísimo tiempo. Estar a solas con él me resultaba maravilloso. Raúl tenía la llave del departamento. Tuve miedo de que viniese.

Empezó a oscurecer. No había luz eléctrica. Tampoco velas. Los rasgos de Juan cada vez se desdibujaban más. Disfrutaba la posibilidad de ir sintiendo cómo crecía la oscuridad. Tampoco habían conectado el teléfono. Estábamos aislados. De pronto, nos miramos. La charla parecía agotada. Pero fue solamente una mirada; seguimos charlando sobre otro tema.

Por la ventana entraba algo de una luz vecina. Juan me tomó la mano. Yo se la acaricié. Nos dimos un beso. Me gustó. Sentí que Juan me encantaba. Sentí que, por primera vez, un hombre realmente me encantaba. No me animé a tocarlo demasiado. Él, sí, Juan era tierno. Era un hombre de verdad. Pero yo le dije: "No, hoy no". Era de noche. Apenas podíamos vernos. No sabíamos qué decirnos. De pronto, recordé que debía volver a casa. Desde la mañana que no sabían nada de mí.

Juan me acompañó a tomar el colectivo. Me comentó que se sentía un poco culpable por haber seducido a la novia de su alumnito y, además, por haberse levantado a su propia alumna. Nos reímos. Quedamos en hablarnos por teléfono al día siguiente.

17

Me encontré con Juan la noche siguiente. Él venía de dar clase. Juan vivía en Parque Patricios. Yo nunca había estado allí.

Me extrañaba que alguien viviera en esa zona. Mis amigos eran de Barrio Norte, Palermo Chico o, los más alejados, de Belgrano.

Tomamos un café y fuimos al departamento. Allí seguimos charlando a la luz de una vela. Juan me dijo que tenía algo para mí. "Te traje un regalito." Yo no podía creerlo y me avergoncé. No supe qué decir. Juan no le dio importancia. Me besó y empezó a acariciarme. Sin embargo, se dio cuenta de que no era mi momento. "Tengo ganas de hacerte el amor, pero si vos no querés, está bien." Ya en el palier advertí que no me había sacado el abrigo y que era mucho más temprano de lo que había creído ver en el reloj.

En la calle, le conté que mi papá me mandaba mil quinientos dólares por mes, de los cuales yo le pasaba trescientos a mamá para mis gastos. A principios de mes iba a una oficina a buscar el dinero. Me reía mientras se lo contaba. Sentía una mezcla de orgullo y de vergüenza. Sabía que era muchísimo dinero. Juan calculó que recibía más plata por mes que un ministro. Como salario de hija no estaba mal. Le conté que mi papá, hasta ese momento, nunca me había dado tanto dinero. Juan quedó muy impactado. Yo temí de pronto que me quisiera por la guita y me arrepentí de habérselo contado.

Esa noche Juan me dijo que salía con una chica, pero que no estaban de novios y que mucho no le gustaba. En realidad, no le veía demasiado futuro a la relación. Yo aún no había formalizado mi separación de Raúl y en ese momento, me alivió recordarlo.

A los dos días quedamos en encontrarnos nuevamente en Salguero. Por la mañana fui a comprar un colchón doble. Lo trajeron un rato antes de que llegara Juan. Me ayudó a acomodarlo y después hicimos el amor. Sentí que Juan me gustaba muchísimo y que hacer el amor con él era totalmente distinto a lo que yo conocía hasta el momento. Juan era cortés. Me decía que era linda. Se preocupaba porque yo sintiera placer. Nunca había vivido algo así. Por primera vez sentía que un hombre me trataba bien en la cama. Yo le importaba.

Me sentía enamorada del cuerpo de Juan. Me di cuenta de que yo también le gustaba mucho. Juan tenía cuerpo varonil. No era lampiño como Raúl. Me sentía orgullosa de hacer el amor con él.

Estuvimos toda la tarde juntos y después Juan se fue a dar una clase. Antes de salir, se puso anteojos. No me gustó cómo le quedaban. Comentó que se los ponía para tener más aspecto de profesor.

Durante varios días no vi a Raúl. Ya me resultaba urgente hablar con él, decirle que no quería seguir siendo su novia. Sin embargo, sentía miedo de arrepentirme. En parte, porque Juan seguía saliendo con la otra chica. En parte, porque yo sabía que tendría que enfrentar montones de problemas míos encubiertos por nuestra relación. Presentía que cuando habláramos, Raúl se enojaría muchísimo conmigo y quizá me pegaría.

Juan y yo siempre nos reuníamos en Salguero. Era nuestro lugar. Yo nunca iba sola a ese departamento. Llegaba un ratito antes que Juan y nos íbamos juntos. A veces, Ester me preguntaba dónde había estado toda la tarde. Mamá nunca me preguntaba nada. Yo no me animaba a decirle que iba a Salguero.

Un domingo a la noche volví a casa luego de haber estado con Juan todo el día. Mamá me contó que Raúl me había llamado por teléfono varias veces y que, inclusive, había pasado a buscarme. Mamá se enojó conmigo. Me dijo que si yo no quería salir más con Raúl debía hablar con él lo antes posible, darle alguna explicación.

Dos días más tarde la situación era insostenible.

Raúl no dejaba de llamarme por teléfono. Yo ya no sabía qué excusa darle. Tampoco me animaba a decirle que, simplemente, no tenía más ganas de verlo.

Le hablé por teléfono. Estaba totalmente decidida a cortar con él pasara lo que pasara, y fui a su casa.

Lo encontré como siempre encerrado en su cuarto lleno de humo. El dormitorio era grande. Al lado de la cama estaba el televisor y detrás la puerta que llevaba al baño. Prendía el televisor cada vez que yo intentaba decirle algo. No soltaba el control remoto. La familia de Raúl no podía vivir sin el televisor: en cada cuarto había uno. El teléfono también estaba al alcance de la mano. Todos se comunicaban por teléfono. Cuando los padres de Raúl querían decirle algo, lo llamaban por teléfono, aunque el cuarto de ellos quedara al lado del de Raúl. Que el padre de Raúl entrara en el cuarto de su hijo era un acontecimiento. En los cajones del mueble que bordeaba la cama Raúl guardaba el fumo, una cajita con pitucas, cocaína envuelta en papeles de aluminio y a veces, jeringas. Sobre ese mueble se veía el equipo de música y el velador. Para tapar los olores Raúl se bañaba en perfume. Me daba asco el perfume de Raúl. Me parecía que era un maricón. Pese a todo, yo lo seguía queriendo un poco y sentía ganas de hablar con él.

Raúl me recibió con frialdad, como si no hubiese insistido en verme. No me preguntó qué me había pasado durante esos días. Le dije que quería hablar con él. Puso cara de nada. Le conté que había llegado a la conclusión de que las cosas entre nosotros dos ya no iban más. Pero tenía ganas de charlar con él, me parecía que podíamos ayudarnos. Hablé y hablé durante un rato sin que Raúl me dijera ni una sola palabra. Tenía la sensación de que no me escuchaba. No podía ser que no tuviera nada que comentar. Cuando ya no se me ocurrió qué decirle, pregunté qué pensaba. "Yo no tengo nada que decirte", respondió.

No supe qué hacer. Nos despedimos como si nada. Salí de su casa totalmente confundida. Raúl no me gritó, no me pegó, no me habló. Dijo: "Yo no tengo nada que decirte" y prendió el televisor.

18

Papá me había dicho que vendría de visita a Buenos Aires en noviembre. Quería que festejáramos mi cumpleaños pero, finalmente, no pudo. Tenía demasiados compromisos de trabajo. Yo entonces le pedí que no me prometiera más que iba a venir hasta que estuviera absolutamente seguro de que lo haría. ¡Ya tantas veces me había dicho que vendría y a último momento surgían inconvenientes!

En diciembre, papá me habló por teléfono. Como tenía muchas ganas de verme, según me dijo, me propuso que me sacara un pasaje a Río de Janeiro, para ese mismo viernes, y que me encontrara con él allí el sábado a la mañana. "A las nueve, en el Hotel Sol Ipanema." Estaríamos juntos tres días. Y los dos solos.

Le conté a mamá que me iba, y ella puso la rigurosa cara de culo que era previsible. Pero ya no me importaba.

El viernes por la noche tomé el avión a Río. Llegué

al hotel y pregunté por la reserva de Golman. Estaba hecha. Había dos cuartos a ese nombre. Me emocionó corroborar que papi se había ocupado de todo. Recordé al papá que yo había tenido de chica; al papá que estaba al tanto de todo. Si papá me daba las indicaciones, yo me podía sentir segura en cualquier parte del mundo.

Me desperté temprano. Crucé a la playa. A las nueve volví al hotel. Papá estaba entrando. ¡Qué maravilla! Papá, nuevamente, puntual. Me había asegurado que llegaría a esa hora y había cumplido. Sentí que, otra vez, podía confiar en papá. Nos saludamos sonrientes. Estábamos contentos de volver a vernos.

Fuimos juntos a la playa. Para mí, era una situación infrecuente. Nunca habíamos estado los dos solos. Le conté a papá que salía con Juan. Papá se alegró de que fuera un estudiante de matemática. Me preguntó si se especializaría en "pura" o en "aplicada". Yo no sabía pero le contesté que se especializaría en "pura". "Son demasiado volados", dijo papá. A papá le gustaba que yo recordara su época en Exactas. Al referirse a esos años, le cambiaba la expresión, los mencionaba con amor y orgullo. Al haberme acercado a ese mundo, sentía que papá y yo podíamos compartir algo muy íntimo. Ni Luis ni ninguno de los chicos de Hebe seguían una carrera científica. Me parecía que yo era la única que sabía apreciar esa veta de papá.

Al atardecer, salimos a caminar. Papá me miró y me dijo que estaba linda. Me dio vergüenza. Le pregunté si en su época de profesor le importaba que sus alumnas fueran lindas o no. Contestó que sí. "Todos los profesores se fijan si sus alumnas son lindas."

Ese día papá me dio el regalo de cumpleaños: unos aros y un collar que había traído de Egipto. Me encantaron. Sólo entonces sentí que había cumplido años. Nadie me hacía regalos como los de papá.

Quedamos en encontrarnos a la mañana siguiente en el último piso del hotel para tomar el desayuno. Ya en la playa, comenzamos a hablar sobre nosotros. Yo le dije que siempre me había sentido mal en su casa. Critiqué a Hebe. Papá se enojó. Me prohibió hablar mal de una mujer de la cual él se había enamorado. Me sentí herida, no tomada en cuenta, pero simulé que no me importaba. "Desde que vos y Hebe se casaron, nos trataste a Luis, a los hijos de Hebe y a mí como si fuéramos todos hermanos; en cambio Hebe, a Luis y a mí, siempre nos basureó." Papá me dijo que eso no era verdad, que él tomaba recaudos con respecto al futuro de Luis y mío y no con respecto a los hijos de Hebe. "Es cierto que si yo me separara de Hebe a sus hijos eventualmente los vería y supongo que ella a ustedes no." "Si me separara de Hebe"... me pareció raro escucharlo a papá. Papá nunca había dicho semejante cosa... "Además, a José ya no lo puedo soportar", agregó papá. "Quedamos con Hebe en que si lo vuelven a echar del colegio, lo mandaremos a uno pupilo. Yo no lo quiero ver más en casa, me tiene repodrido." ¡Pobre papá!, pensé. Tanto que se había esforzado en educar a los hijos de Hebe y ahora estaban todos chiflados; no le traían otra cosa que problemas. ¡Qué castigo!

Luego le hablé de Inés. Le dije que yo la odiaba. "Sin embargo, ella te envidió siempre. Vos tenés un papá que te quiere y se ocupa de vos; en cambio Inés no." Jamás, nunca jamás se me hubiera ocurrido que Inés me envidiase algo.

También hablamos acerca del trabajo que tenía en ese momento. Me contó que no aguantaba más lo que estaba haciendo. Estaba agotado. No le quedaba tiempo para él. Su sueño era volver a escribir. Después de haber publicado dos libros técnicos de astronomía y uno de divulgación llamado *El origen de las estrellas*, no había publicado nada más. Y ya habían pasado once años.

Papá me contó que quería volver a dedicarse a la astronomía. Sentí una profunda emoción, lo hubiera besado, abrazado. ¡Papi! "¿Y por qué no lo hacés?" "Bueno, me costaría un poco retomar, estoy bastante desactualizado. Además, está el tema económico. Si trabajara en investigación científica no me alcanzaría para mantenerlos a todos." "Pero a mí no me importa, mandame menos plata, yo no tengo problema." ¡Otra vez un papá astrónomo!, pensaba. ¡Y separado de Hebe! Era lo ideal... "Bueno, te cuento que ya estuve hablando con algunos investigadores de Harvard; gente de mi época. Estoy empezando a vincularme de nuevo." Yo no podía creer lo que oía. Yo quería estudiar matemática y sabía lo que significaba la ciencia en la vida de alguien. Papá era eso. Papá era un astrónomo. "Luz, yo quiero que me digas todo lo que sientas, así voy a poder ser un papá mejor." Nunca me había emocionado tanto con algo que dijera papá. Sentí que era sincero, que lo decía realmente con amor. No supe qué contestarle. Sonreí.

A la tarde, después de bañarme, fui al cuarto de papá. Nos quedamos charlando. Faltaba menos de un año para las elecciones nacionales de 1983. Me interesaba saber qué opinaba sobre el asunto. "¿Vos a quién votaste en el 73?" Había votado a Coral: "En su partido había alguna gente que valía la pena. En el 74 voté a Alende". De eso yo me acordaba. "En este momento me parece que Alfonsín es el único político decente en la Argentina." Pero papá tenía pocas esperanzas con respecto al futuro político en la Argentina. "Ahora dejan el poder en manos de civiles porque el país está fundido, pero en cuanto la vaca engorde, ya van a dar otro golpe. Aunque con la deuda externa que hay, me parece que van a pasar muchos años hasta que la vaca engorde."

Traté de no llevarles demasiado el apunte a sus comentarios pesimistas. Yo nunca había hablado de política con papá aunque a él lo habían afectado personalmente los cambios de gobierno en la Argentina. Su sobrino Marcos llevaba cinco años desaparecido y papá seguía buscando información acerca de su paradero. Para papá, la desaparición de Marcos no tenía perdón.

Esos días, en Río de Janeiro, me parecían un sueño. Una noche fuimos al cine. Luego nos sentamos a tomar algo en A Garota de Ipanema. La película trataba el tema de una relación muy conflictiva entre un padre y su hijo. Eran rusos emigrados a Estados Unidos. En la última escena, el padre y el hijo se dan un fuerte abrazo. Un abrazo de reconciliación. Al salir del cine, a papá lo noté triste. Caminamos un poco. Papá permaneció callado. "Yo nunca me voy a sobreponer al dolor de que mi papá se haya muerto sin que nos hubiéramos podido abrazar, sin darnos un último abrazo", dijo papá, con lágrimas en los ojos pero sin romper a llorar.

Esa noche seguimos conversando en el hall del hotel. Le hablé a papá de cosas que nunca le había podido decir. Sobre su casamiento con Hebe, el abandono en que nos dejó, el dolor de verlo ocuparse de chicos ajenos y ya no de nosotros. Se me hizo un nudo en la garganta. Se me iba la voz. Traté de disimular mi dolor. No me animé a llorar.

El día siguiente era domingo. Había una feria artesanal. Le propuse a papá que fuéramos. Aceptó. "Realmente, parece otro", pensé. "¿Papá boludeando una tarde entera en la feria artesanal?" Se lo veía contento. Me compró un bolso y unas sandalias. Ni siquiera tuve que rogarle. También me compró ropa. Le dije a papá que le llevaría un regalo a mamá. Papá eligió una camisa para ella. "¿Papá comprando una camisa para mamá? ¿Qué es esto?" Me alegré muchísimo de pensar que podía

188

contarle a mamá que el regalo lo había elegido papá.

El lunes por la noche terminó la estadía con papá. Hice la valija lentamente. Guardé la ropa nueva. Papá y yo nos encontramos en la planta baja. Tomamos un taxi al aeropuerto. Estábamos muy tostados. Habíamos tenido sol radiante todos los días. Comentamos lo bien que lo habíamos pasado. Le pregunté a papá si conocía Salvador. "No, nunca estuve." Propuse que la próxima vez nos encontráramos allí. Le encantó la idea. A papá le fascinaba viajar. En ese momento, a mí también. Fantasear viajes con papá era maravilloso.

Mi avión partía antes que el de papá. Yo llegaría a Buenos Aires a medianoche. Seguiría en el verano. Papá aterrizaría en Nueva York a la mañana siguiente. Iba al invierno.

Los aeropuertos siempre me habían entristecido. Las eternas separaciones. Ese último momento en el cual nunca se sabía qué decir. Y otra vez esa sensación de impotencia que me provocaba el hecho de tener que vivir tan lejos de las personas que yo amaba. De todas formas, esa vez me sentía más cerca de papá que nunca. Me parecía que esa despedida era un poquito menos triste. Papá me pidió que le escribiera y no dudara en contarle todo lo que me pasaba.

Nos despedimos antes de que yo entrara en la sala de embarque. "Bueno, Luz, espero que esta vez sea hasta pronto." "Sí, papi, seguro; yo en marzo doy el examen de ingreso y después, hasta que empiecen las cla-

ses, hay un tiempo de vacaciones. Puedo ir a visitarte."
"Quizá podamos encontrarnos en Europa —me repuso—. Yo para esa época tengo que ir a Grecia." "Bueno, papi, sea donde sea nos vamos a ver." Nos abrazamos y, sin decirnos nada más, nos miramos por última vez.